W0386639

MOISSONS NOIRES

Créé et dirigé par Romain Naudin

MOISSONS
NOIRES

SUIVEZ-NOUS SUR LES RÉSEAUX SOCIAUX

Nous aurons plaisir à vous donner l'actualité des auteurs :

les festivals, les dédicaces et les projets…

@ MoissonsNoires

www.moissons-noires.com

PHILIPPE **TAUVERON**

MEURTRES EN SUISSE

MYSTÈRE À CHAMPÉRY

ROMAN

MOISSONS NOIRES

Tout nom de personne est inventé ainsi que leur rôle, une similitude est purement fortuite.

Les noms des lieux sont exacts.

« Le présent est la somme
vivante de tout le passé. »

Carlyle

PROLOGUE

Un appel téléphonique de Gwenaëlle, une cousine germaine de mon épouse Soizic, nous invitant à passer avec eux une semaine dans leur chalet en Suisse, courant février, s'annonça comme une aubaine magnifique !

Nous n'avions, à cette époque, aucun projet précis. Pourtant nous comptions nous organiser, dans ce mois maussade de novembre, pour rechercher une station de sports d'hiver dans les Alpes, plutôt de type familial, les enfants et petits-enfants étant encore occupés.

Gwenaëlle et Jean ont toujours été des cousins proches et d'un accueil chaleureux. Ils ont fait construire dans une enclave suisse, au bout du lac Léman, avec un autre couple, un grand chalet, partagé en deux, dominant une petite station de ski au début du Valais. D'autres amis, eux-mêmes issus du coin, les ont fortement attirés !

Cette petite station, au charme rustique, est toute proche de la frontière française. Peu connue, elle est devenue dans la seconde moitié du XXe siècle un site touristique, à la suite de la construction de l'immense hôtel des Dents du Midi qui depuis a disparu.

D'une altitude de 1 055 mètres, Champéry est une bourgade qui s'est réalisée au bout du Val D'Illiez en terminant à Grand Paradis. Elle est bordée de tous côtés par des massifs montagneux, les dents Blanches, la dent de Barme et les dents du Midi. Son nom remonte au XIIIe siècle, appartenant alors à la paroisse et au seigneur d'Illiez.

Elle communique avec la France sur son côté ouest, avec la commune de Châtel puis d'Abondance, par des petits massifs où Morgins sert de frontière. Sur son côté sud, après le plateau de Planachaux, domine une crête, qui donne accès depuis 1969 aux Portes du soleil et la station d'Avoriaz, grâce à des remontées mécaniques. Ce domaine transfrontalier est unique, réalisé par une poignée de montagnards visionnaires.

Au XVe siècle, le hameau prend de l'extension, et une certaine autonomie en créant au centre du village une chapelle. Suite à de nombreux conflits avec « ceux d'en bas » (les gens d'Illiez) remontant jusqu'au XVIIIe siècle, l'évêque trancha, pour que les messes soient dites dans une église, adossée à un clocher majestueux dans la rue principale.

L'activité était essentiellement rurale, où les alpages permettent encore de faire de merveilleux fromages. Tout était régi par un règlement bourgeoisial, qui perdure encore, et est réactualisé régulièrement.

Inutile de vous dire, que cette station m'était tout à fait inconnue. Quelques recherches sur la toile m'ont permis de situer ce merveilleux endroit.

Je n'étais pas passé très loin à deux reprises, en séjournant avec des cousins, une première fois à Grimentz, donnant dans la vallée de Sierre, juste après Martigny. Puis j'y revins, avec toute ma tribu, Soizic et nos quatre enfants, à nouveau à Grimentz, puis Arolla et enfin Zermatt en plein été. Ce fut un séjour dont les enfants se souviennent encore, tant ces massifs montagneux sont extraordinaires. Je crois que le Cervin ou Matterhorn nous a beaucoup marqués.

Cette station est préservée dans son jus. Son bourgmestre Théophile Übner, grâce à des votations adaptées, empêche de gros groupes étrangers d'investir et de défigurer sa rue principale, aux balcons au bois sculpté, fleuris de géraniums, et aux toits en sifflet. Le bois, noirci par le temps, donne un contraste saisissant.

Champéry a grandi et son essor est manifeste. De magnifiques routes sinueuses, toujours déneigées et larges, permettent un accès aisé. Son accès est facilité par un train à crémaillère partant du bas de la vallée, à Aigle, et grimpant en toutes circonstances, pour aboutir à une gare terminus contre le départ du téléphérique Champéry-Croix de Culet.

Ce dernier accède au plateau de Planachaux et permet ensuite de se connecter au plus grand domaine international skiable des Portes du soleil et également au domaine suisse des Crosets. J'ai rarement vu de telles installations, mais il faut sans doute être de qualité suisse pour en arriver là !

Forte de cette ouverture du domaine skiable, l'été, elle est une station remarquable pour ses randonnées multiples dans les différents massifs à pied ou en VTT.

C'est précisément grâce à ce paradoxe, entre cette petite station familiale et l'ouverture vers des espaces immenses, que cette station nous a séduits.

C'est dans ce décor, si calme et sensuel, que vont se dérouler intrigues, suspens, attentats, effroi et mystères.

La présence d'un commissaire suisse exceptionnel saura appréhender de multiples pièges, grâce à son esprit d'observation.

Cher lecteur, je vous laisse aussi cet esprit d'analyse, au travers de différents portraits locaux, presque tous inventés. Les sites, où se passent tous les événements, sont bien réels. À vous de trouver le ou les commanditaires !

LUNDI

C'est donc mi-février, un lundi, que mon épouse Soizic et moi, venant en TGV directement de Paris *via* Lausanne, abordons, en début d'après-midi, ce petit train à l'Aigle.

Le voyage de Paris ne fut pas long, après une petite sieste, lors de la traversée de la banlieue. Puis, captivés par les vignes de Bourgogne sur des monts vallonnés où retentissent les noms de Pommard, Gevrey-Chambertin, Aloxe-Corton, nous rêvons à ces délices.

Soizic est dans un livre ou sur son iPhone. Moi, comme un enfant, j'ai plaisir à admirer ce paysage qui défile. Une petite photo souvenir n'est pas de trop !

L'abord des monts du Jura, déjà enneigés, avec un ciel d'hiver et une luminosité étonnante, nous change complètement d'atmosphère. Hélas, pas le temps de s'arrêter dans une taverne déguster leurs fameuses cuisses de grenouilles, dont j'ai appris, lors d'autres voyages, leur étonnant élevage dans cette région. Rapidement nous débouchons sur le lac Léman au-dessus de Lausanne.

La voie ferrée surplombe la ville, dont on aperçoit le château et les différents clochers des nombreuses églises.

Lausanne est la deuxième plus grande ville au bord du lac Léman. C'est la capitale du canton de Vaud, ce qui en fait un centre historique, balnéaire, ainsi qu'un centre des affaires. Dominée par sa cathédrale gothique, la plus grande de Suisse, avec tout un quartier historique, Lausanne s'étire sur une trois collines jusqu'au lac à Ouchy. C'est un charmant port avec ses croisettes, faisant face à la France, et plus loin au mont Blanc majestueux.

Les fameux bateaux élancés, avec leur cheminée jaune, y accostent, venant de Genève ou de France.

Ville olympique, ville aux nombreux festivals, c'est aussi une ville d'art aux nombreux musées. La voie ferrée passe d'ailleurs à côté de la « Plateforme 10 », nouveau quartier, avec ses deux musées, et ses expositions temporaires. Un peu plus haut, dominant la ville, le musée de l'Hermitage, si renommé, qui sera le théâtre de quelques rebondissements dans notre histoire. Sa position géographique est aussi un bon repaire, propice aux activités d'espionnage, que l'on verra effectivement par la suite.

La voie s'étire au-dessus de la ville, laissant au voyageur la faculté d'admirer ce merveilleux paysage. On aperçoit le château de Saint-Maire, aux quatre clochetons, siège du pouvoir cantonal.

Le voyage continue sur les berges du lac, en passant par Vevey, où Chaplin s'établit dans une magnifique propriété dominant la ville, puis Montreux, gardé par un château monumental, joyau de la Riviera. Le jazz y résonne chaque année.

Apparaît, au détour de la voie, le château de Chillon sur son île, où la maison de Savoie puis les Bernois résidèrent, fait face aux dents du Midi, qui sera le mystère de cette aventure.

En épousant les contours du lac, la voie dominant le paysage, nos regards se tournent, attirés par ce tableau où flotte une discrète brume, avec en toile de fond les Alpes. Tout au-dessus et au-dessous de nous, des terrasses de plants de vignes agrippées, aux cépages enchanteurs. Sur des promontoires, d'imposantes bâtisses, hôtels de luxe, dominent la Riviera. Le TGV s'arrête à l'Aigle au bout du lac et la correspondance se fait par le fameux train à crémaillère.

Ce merveilleux tortillard, de la compagnie AOMC, rouge et blanc, avale sur 27 kilomètres, des montées impressionnantes, au travers de paysages variés.

Au début des vignes, puis à partir de Monthey (sans jeu de mots), déjà des alpages bien enneigés. Son ronronnement régulier et sa précision d'horaire, font que nous sommes en Suisse. Les sièges sont des banquettes en bois teinté, un peu dures, mais les larges vitres permettent d'apprécier facilement les montagnes et les précipices impressionnants, qui défilent à une allure régulière. Soizic est un peu effrayée, prise de vertiges, par ces précipices que nous dominons. Lors des montées plus raides, la crémaillère se met en marche, avec un bruit particulier, avalant sans difficulté les degrés. Je suis, pour ma part, amusé, comme un enfant, sur ces grands manèges. Nous traversons Troistorrent, puis le Val d'Illiiez en passant au-dessus des thermes du Fayot. Le spectacle est époustouflant ! Nos visages sont collés aux vitres, happés par le paysage.

Au bout d'une demi-heure de montée, nous voilà en pleine station, près du téléphérique. Nos cousins nous ayant briefés, nous en profitons pour louer nos skis et nos chaussures sur place et pour retenir un casier chauffé.

Je vais pouvoir essayer mes premiers skis paraboliques, et j'ai réussi à retrouver les mêmes paires de chaussures monoblocs bivalves à un cliquet, dans lesquelles je suis si bien !

Quel calvaire, quand tout harnaché, il faut s'enfiler une chaussure à cinquante cliquets, avec des difficultés épuisantes, avant même de monter sur ses skis ! J'adopte aussi un nouvel anorak ultraléger, mais en matériau isolant avec une feuille d'aluminium qui vous donne un confort de mouvement et surtout le maintien d'une chaleur idéale. Que ne fait-on pas maintenant comme vêtements adaptés, rendant préhistoriques les chaussures à simple cliquet, que nous avions dans les années 1960, les gants (où on vous assure l'onglet). Vous aviez soit des pantalons en papier à cigarettes, type fuseau, à vous transformer en glaçon, soit des sacs en plastique ou bibendums, peu respirant, à vous plonger dans une piscine mobile. permettant de se geler à l'arrêt ou lors des remontées mécaniques.

J'admire encore ma grand-mère paternelle, qui faisait du ski aux Houches, en 1936, avec des bâtons faits main, des skis palettes en bois, des fixations sommaires et des pantalons de toile !

Un petit autobus nous remonte dans la rue principale, car la station, grimpe sans arrêt par des ruelles souvent étroites et verglacées, bordées par des chalets anciens aux toits couverts de neige, d'où plongent d'imposantes stalactites. Il nous faut prendre ensuite le chemin des Cevis, au travers de chalets magnifiques, pour rejoindre le chemin de Damonvelle et aboutir au chalet de nos cousins.

Inutile de vous dire que nous sommes contents d'avoir laissé nos skis et nos chaussures dans les casiers ! La surprise continue, cependant, avec la nécessité de gravir encore cent dix marches, les valises à la main. À mi-chemin, un petit pont surplombe un ruisseau couvert de glace d'où s'écoule un bruit continu. Heureusement, les marches sont dégagées par un système de chauffage. Quelque peu haletants, nous terminons notre montée. Mais l'effort est récompensé par une vue imprenable sur la station.

Ce chalet, à flanc de montagne, en bois clair, rehaussé en arrière d'un bois de mélèze, a un côté majestueux. Sa façade est barrée au deuxième étage par un immense balcon. Il embrasse un horizon à 180 degrés sur la station et regarde face aux dents du midi. Sur son flanc gauche, un autre chalet très ancien a été intégralement reconstruit par des amis de Belgique actuellement absents. En dessous, le chalet d'une princesse au nom prestigieux, installée depuis des décennies, connue et respectée. Sa discrétion en fait une proche des Übner, maire de la station.

Un peu en dessous de la route, d'autres chalets sont construits. Parmi eux, celui d'une vieille comtesse polonaise, dont on ne sait pas trop quand elle est arrivée. Peu de gens la connaissent et elle n'est pas très sociable.

En réalité, cet immense chalet est partagé en deux dans le sens vertical. Avec un ami, chacun y a fait son univers. Il a fallu utiliser un hélicoptère pour apporter tous les matériaux : le pari était osé !

Gwenaëlle et Jean nous attendent dans un grand salon moderne où crépite un feu salutaire, dans une cheminée newlook. Deux canapés, en cuir rouge, s'adossent contre des murs en bois clair. Une immense baie vitrée, donnant sur le balcon, permet de participer au régal de cette vue. Le sol est en bois clair, avec un chauffage intégré, donnant une ambiance chaleureuse. La pièce est très haute, épousant la pente du toit. La chambre des propriétaires est au-dessus, ornée, elle aussi, d'un joli balcon sur la même façade. La salle à manger donne sur le balcon et un bar américain la sépare de la cuisine.

Ce qui est amusant, c'est le contraste entre les deux appartements, celui de nos cousins, dépouillé, sobre, avec des tableaux contemporains, et d'un confort moderne, et celui de leur ami Paul, plus rustique et montagnard, avec des centaines de bibelots et objets du coin. Paul est aussi absent cette semaine. Leurs balcons communiquent entre eux. Nous pourrons en jouir aisément.

Après avoir pris nos marques à l'étage en dessous, où se trouvent les chambres d'amis, toutes en bois clair, parfaitement décorées, nous remontons pour assister au coucher du soleil et voir flamboyer les dents du Midi.

Par temps clair, c'est un spectacle féerique, qui se renouvelle chaque soir. Les pierres prennent des teintes rouge feu et curieusement, tout autour, la neige rosit. C'est toujours l'attraction du soir, qui dure quelques minutes, avec une certaine magie. Comme souvent, c'est agrémenté d'un verre de fendant à la main, scellant déjà un séjour prometteur.

Nous sommes à cent lieues de nous douter qu'elles seront le théâtre d'un mystère étonnant.

Pour nous mettre dans le bain, Jean a retrouvé dans ses archives un article écrit par le vicaire d'Illiez, Jean-Maurice Clément (1736-1810), dans le *Journal de Lausanne* du 14 décembre 1788.

Il dit :

« Cette chaîne, dont la pointe la plus orientale est connue dans le canton de Berne (du moins dans le gouvernement d'Aigle) sous le nom de Dent du Midi, sépare les montagnes de Saint-Maurice d'une partie de celles de la vallée d'Illiez. Elle présente cinq pointes principales, dont la plus orientale, soit Dent du Midi, de même que la plus occidentale sont plus basses de quelques toises que les deux du milieu. J'arrivai au sommet de ces deux dernières, épuisé de fatigue, le 22 août dernier à deux heures onze minutes après-midi. »

On comprend toute la notoriété de ces pics dans l'histoire de la région.

Progressivement l'obscurité descend. Le village s'illumine, cédant aux bruits du jour, un calme, plein de sérénité. Chaque chalet garde ses lumières extérieures allumées, agrémentées aussi de quelques guirlandes. Le clocher baroque de l'église est allumé, et la rue principale garde ses illuminations, si bien qu'une impression festive de vivre Noël se dégage tous les soirs !

Au pied de chaque maison, des rangées de rondins sont disposées avec une régularité parfaite contre un mur de pierre. Cela donne un aspect esthétique très chaleureux. Chacun des chalets est parfaitement entretenu, sauf celui de la comtesse polonaise, un peu piteux. L'été, les bacs à fleurs débordent de géraniums, donnant cet aspect si pimpant à cette région du Valais. La propreté est de mise.

Le décor est planté avec un charme discret d'une petite station de montagne. On comprend l'engouement de nos cousins pour ce lieu, persuadés par des amis champérollins.

Sur une immense table en bois de la région, Gwenaëlle nous a préparé une fondue aux trois fromages, dont les effluves taquinent nos appétits. Elle est accompagnée d'un chardonnay du Valais, vin blanc typique, fort apprécié. La température de la pièce monte progressivement d'un cran, les conversations sont animées de nos retrouvailles. Au dessert, la glace à la vanille, arrosée d'une bonne lampée de liqueur abricotine, est un vrai délice.

Jean nous apprend que c'est une spécialité de cultiver dans Valais central des abricots, véritable patrimoine culinaire, au même titre que la viande séchée ou les vins.

Gwenaëlle nous montre les dernières photos de sa progéniture et ses dernières aquarelles, dans des classeurs toujours rangés à la perfection. Soizic cherche, comme d'habitude, dans son iPhone, avec difficulté, les photos de ses petits-enfants. Bien sûr, les cousines bretonnes ne manquent pas de faire le tour de leur famille, en évoquant leurs mères et leurs tantes, toutes octogénaires et toutes veuves. Quelque part, avec Jean, nous sommes prévenus !

Ce qui est remarquable, c'est la cohésion de cette grande famille, qui fait plaisir à voir et que nous retrouvons en Bretagne l'été. Finalement, nos dix ans d'écart avec ces cousins ont permis de retranscrire des modes de vie assez proches.

C'est au coin du feu que se termine cette soirée, à raconter plein d'anecdotes. Peu à peu la fatigue commence à dominer certains. Chacun regagne ses pénates pour une nuit calme et réparatrice, avec un léger balancement, rappel du train à crémaillère, ou peut-être un trop-plein d'abricotine.

Au cours de cette nuit, une plainte, comme un cri, traverse la ville. Un coup avait sonné à l'église en contrebas, mais quelle heure est-il vraiment ? Réveillé en sursaut, je regarde par la fenêtre, mais rien à faire, un épais manteau neigeux s'est abattu sur la station. Je monte à l'étage du salon et sors sur le balcon. Une neige épaisse, descend mollement sur le village, ouatant tout bruit. Tout paraît endormi. Rien d'autre ne se passe. Le calme est absolu. Il fait trop froid, je redescends dans ma chambre, en frissonnant. Les autres habitants du chalet dorment, sans s'être aperçus de rien. Craignant une hallucination ou un mauvais rêve, je me rendors bercé par des ronflements divers.

MARDI

Personne, au petit-déjeuner, n'avait entendu la moindre plainte. On me signale qu'il s'agit d'un effet secondaire de l'abricotine ! L'affaire fut donc vite oubliée. Un café revigorant, des toasts grillés, plein de confitures faites maison et même des röstis, nous permettent de démarrer, en pleine forme, cette journée.

Regardant la vue du chalet, on découvre le village aux toits recouverts d'une épaisse neige. Il fait beau, le ciel est dégagé, avec une légère couleur jaune pâle, correspondant au lever prochain du soleil sur la station.

Pointant son nez, le clocher baroque de l'église s'élance au-dessus de ces toits enneigés.

En toile de fond, face à nous, les dents du Midi toutes enneigées. Au-dessous, on aperçoit la *cantine de Rives* et sa croix. En descendant plus à gauche, l'étonnante galerie *Défago* à flanc de montagne nous fait face. Construite en 1864 par Emmanuel Defago, elle fut nommée ainsi en souvenir de Luc Défago, qui fut, pendant un quart de siècle, à la tête de l'école suisse de ski de Champéry.

Plus à droite, on découvre les deux gares, celle du train et celle du téléphérique, étroitement agencées, où se déversent déjà des flots de skieurs.

Le départ du téléphérique surplombe la station et va rejoindre Planachaux-Croix de Culet. C'est un immense plateau, d'où partent plusieurs pistes et de nombreuses remontées mécaniques.

Encore plus à droite, on peut apercevoir le vieux village, avec ses fermes, encore intactes, en direction du Grand Paradis. C'est une autre partie de la station que l'on rejoint par des navettes et qui communique avec le plateau de Planachaux par des œufs tout neufs.

Sur la gauche, après l'église, un autre petit clocher, celui du temple. Puis l'entrée du village, où fut construit *le Grand Hôtel des Dents du Midi*, disparu depuis. Cette entrée est marquée par le calvaire de Chavalet : simple croix en bois, construite sur un promontoire, faisant face au fond du Val D'Illiez.

Cette station est donc au bout d'une impasse, d'où partent de nombreux sentiers de randonnée.

La neige a cessé de tomber, les prévisions météo sont optimistes pour la journée. Nous prévoyons, pour cette première sortie de ski, de nous mettre en jambes sur le plateau de Planachaux, en prenant le téléphérique jusqu'à la Croix de Culet, et d'aller passer la journée sur les pistes du Crozet côté suisse.

Il est tombé au moins cinquante centimètres d'une belle poudreuse, tous les arbres alentour sont givrés, ressemblant à du sucre glace, et la descente des escaliers, malgré leur chauffage, n'est pas sans quelques glissades. Les ruelles sont de véritables patinoires, où il faut des trésors d'ingéniosité pour s'accrocher, déclenchant d'inévitables moqueries entre Soizic et moi. Jean et Gwenaëlle, préférant profiter de leur chalet, sont restés sur place.

Nous saisissons nos skis et nos chaussures dans le local chauffé, au pied de la remontée. C'est en arrivant au départ de la télécabine, qu'une rumeur traverse la queue pour les forfaits.

Cette nuit, le calvaire de Chavalet, à l'entrée de la station, a été profané et peint en rouge avec du sang ! Chacun raconte, à sa sauce, la nouvelle. Il n'y aurait pas de victimes.

Il y aurait eu non loin une chapelle de Notre-Dame des sept douleurs, mentionnée dans les ouvrages de Vinciane Glassier sur les chapelles valaisannes ainsi que dans l'ouvrage de Joseph Sigrist. Elle fait partie des nombreux oratoires et chapelles en direction du Val D'Illiez, tout le long de la Vièze. La croix a été érigée à la suite de la peste , de 1349, qui a entrainé de nombreux morts, enterrés dans une fosse commune, au pied de la croix.

Théophile Übner, le bourgmestre actuel, scandalisé, a fait appel à la police cantonale. Bourgmestre de père en fils, le troisième de la lignée, Théophile, est le portrait de son père, Wolf, et de son grand-père, Achille.

Grands, corpulents, une imposante barbe taillée parfaitement, les cheveux gris coupés court, des lunettes en écaille, leur donnaient le même visage grave. Seules quelques particularités vestimentaires, au quotidien, les différenciaient, mais les jours de fête et de cérémonies, on retrouvait le même manteau cape, vert foncé, recouvrant un costume croisé gris foncé, une cravate verte, rehaussée d'un edelweiss brodé, sur une chemise blanche et des chaussures marron lustrées.

Théophile est bourgmestre depuis maintenant plus de trente ans, avec des mandats successivement renouvelés. Il est connu pour ses votations, protégeant la commune contre des investissements étrangers. Avec son équipe cantonale, il a su ouvrir sa station aux *Portes du Soleil*, et ainsi permettre aux skieurs suisses de partager ce vaste champ skiable, tout en préservant sa commune de constructions champignons qui auraient dévasté ce petit bijou qu'est cette station.

L'employée des remontées mécaniques précise que ce calvaire avait été érigé au XVIIe siècle, lors d'une épidémie de peste, et que peut-être celui qui a fait cela voulait inquiéter les gens.

Certains vieux moniteurs, qui se trouvent dans le téléphérique, se rappellent qu'autrefois, lors des querelles avec les gens du bas, pour la construction de la première église, de nombreux calvaires avaient été profanés avec du sang. Il fallut l'intervention de l'évêque de Lausanne pour faire cesser ces exactions. D'autres se demandent bien s'il s'agit d'un canular malsain.

Dans le téléphérique, les locaux, mêlés aux touristes, continuent de débattre sur cet acte malfaisant, évoquant quelques sortilèges ou rappelant des forfaits antérieurs, si bien que la montée se passe en un instant, bien que nous ne comprenions pas toutes les remarques pleines d'accent. Toutefois, la vue est superbe et si on a la chance de se trouver derrière sur la baie du téléphérique, nous pouvons admirer tout le village, repérer le chalet de nos amis puis surplomber la route de Coux où quelques chalets sont plantés là. Comme il a beaucoup neigé, toutes les pistes et les routes sont recouvertes.

Sur le plateau de Planachaux, la neige est idéale pour se mettre en jambes. Le panorama, sur les dents Blanches, est magnifique.

On aperçoit, sur la gauche, le fameux mur du *Pas de Chavanette* appelé aussi « mur des Suisses », qui permet de regagner la Suisse quand vous êtes sur Avoriaz. La piste a 37 degrés de pente et 76 % de dénivelé, avec des bosses de 2 mètres ! Si vous avez des tendances suicidaires, vous pouvez emprunter ce passage vertical et plein de bosses verglacées, où le moindre écart vous fait descendre différemment que sur vos skis, avec à l'arrivée un ticket pour l'ambulance !

C'est, pour la petite histoire, il y a cinquante ans, Jean Vuarnet, Michel Bochatet, René Avanthey et Gustave Trombert qui ont imaginé cet étroit passage, au col, pour faire communiquer la station d'Avoriaz, récente, à Champéry. Mais plus d'un se lance des défis dans le cadre de « Chavanatte the Wall ».

Je l'ai fait, il y a quelques années, avec le souvenir de ne jamais recommencer.

Il fait un soleil radieux. Nous sommes en intersaison, si bien que peu de monde est déjà sur place. Il n'y a pas de queues aux remontées, quel plaisir ! Ici, pas de bar d'altitude, aux décibels incongrus, martyrisant la quiétude de ces lieux respectables.

La journée se passe entre les remontées des Crosets, Champoussin jusqu'à Morgins, où une descente sur un chemin, au travers des sapins, est pleine de charme. Chacun trouve son rythme, le chemin se déroule dans un calme absolu, nous sommes seuls et débouchons, après plusieurs kilomètres, sur le village de Morgins, qui est à la frontière. Il permet de regagner la station française de Châtel. Sa petite église est charmante, agrémentée de sculptures modernes proches de son parvis. Devant, un minibus fait la navette entre l'arrivée des pistes de Morgins et l'arrivée des pistes de Châtel. De nombreux skieurs profitent de cette commodité, mais notre forfait ne va pas plus loin. Nous restons sur le versant suisse et un arrêt à la *ferme de Gaby*, à Champoussin, s'avère opportun. Soizic y retient une table, tout en commandant son vin chaud quotidien, pendant que je continue à faire quelques pistes.

Dans cette grande ferme d'alpage, où l'on élève une trentaine de chèvres, sont installées des pièces exposant des objets d'artisanat de toutes sortes. On peut y voir, selon les heures, la traite des animaux et la transformation du lait en fromage. Selon la météo on mange dehors avec pour salle à manger les dents du Midi ; et quand il fait mauvais temps, on s'entasse dans une salle fumante, juste après les étables, avec un bon feu de cheminée pour sécher. Le fumet est champêtre ! On y prépare une soupe de légumes, bien chaude, et surtout des fromages cuits en croûte avec des pommes de terre fumantes et, selon les appétits, du jambon cru de pays et un œuf au plat. Une bière locale ou un verre de vin permet d'avaler cette

« immensité ! ». Inutile de vous dire que pour redémarrer, l'effort est considérable ! Heureusement, les pistes, discrètement vallonnées au travers des sapins, sont faciles et les effets du vin chaud, sur Soizic, facilitent son style.

Mais il faut penser que les journées en février sont encore courtes et que les pistes ferment à 16 h 30. Cela occasionne un peu de panique, pour ne pas rater la dernière remontée.

Après une descente vertigineuse par le téléphérique, passant au-dessus du village enneigé, nous déposons notre matériel dans nos casiers et retrouvons nos cousins au milieu du village dans le café *Le Vieux Chalet*. Véritable institution, nous venons boire un bon chocolat chaud. C'est un vrai chocolat, onctueux, la cuillère tenant presque seule, comme savent faire nos amis suisses. Ici, le chocolat est une véritable religion : chaud, en plaquettes aux parfums de toutes sortes, en lamelles, tout est merveilleusement bon. D'après les religions chrétiennes, en Suisse, le péché de gourmandise n'existe pas, au contraire c'est une grâce !

Les conversations vont bon train, avec l'affaire du calvaire de Chavalet.

Pour beaucoup, c'est une plaisanterie de mauvais goût, pour d'autres, une mise en garde, un maléfice, d'autant que certains ont entendu, cette nuit-là, vers 1 h 30, un cri insolite. Je m'empresse de confirmer ce cri, que personne d'autre, dans le chalet, n'a entendu, et on me charrie sans ménagement. Quoi qu'il en soit, la police cantonale n'a trouvé aucune piste, et l'équipe de cantonniers s'est empressée de laver ce calvaire, après quelques prélèvements pour le laboratoire de la police de Lausanne.

Le soleil couchant enflamme à nouveau les dents du Midi, le spectacle est toujours aussi beau quand les nuages laissent le couchant œuvrer. Mais curieusement nous constatons que l'une des dents reste sombre ! Quel drôle de phénomène ? Serait-ce dû à un nuage facétieux ou un autre message ? Tout le monde est pantois ; chacun rentre chez soi perplexe. Les anciens n'ont jamais vu un tel phénomène.

Après quelques achats au supermarché du coin, où les spécialités valaisannes vous feraient acheter tout le magasin, sans oublier les tablettes de chocolat, nous remontons au chalet, pour nous détendre au coin du feu avant le dîner.

Pour ma part, j'aime bien sortir mon kit d'aquarelle, mes pinceaux et croquer le paysage, qui s'endort dans la pénombre. Les autres se plongent dans des bouquins, chacun s'évade, la source, près du chalet, coule avec un bruit régulier, une quiétude s'installe mollement.

Finalement, rompant ce silence quasi musical, mon cousin Jean reparle des faits du jour :

En descendant dans le village, il a croisé sa voisine, la princesse qui n'a jamais vu, depuis qu'elle vit là, de tel forfait, puis il a rencontré son ami Gaspard, qui habite à quelques chalets d'ici et qui connaît bien le bourgmestre.

Celui-ci, comme tous les Champérollins, est inquiet de ce mauvais coup, porté à la station. Il s'est même empressé d'aller voir le curé de la paroisse, le père Büscher.

— S'agit-il encore de rivalités des gens d'en bas (ceux d'Illiez) comme on en voit épisodiquement ? Cette rivalité existe depuis plusieurs centaines d'années, et à la longue, on ne sait plus trop pourquoi. Pendant la Seconde Guerre mondiale, il y eut aussi des échauffourées, en particulier avec des passeurs locaux, pour protéger de nombreux juifs, arrivant de France. Mais certains passeurs faisaient du trafic de denrées et de cigarettes. On parle aussi de passages d'espions, originaires de Russie.

— On sait aussi que la prospérité de Champéry a toujours effacé les gens d'en bas, cela depuis les années 1930. Plusieurs exactions avaient été perpétrées sur certains lieux de culte et peut-être faudrait-il sortir les reliques de Théodore d'Octodure, le saint patron de la station, pour conjurer ce maléfice ? Mais le curé s'empresse de calmer le premier administré, arguant probablement qu'il s'agit d'une mauvaise plaisanterie !

Chacun se rassure avec du fendant. Le dîner est alors préparé, tous s'activent. J'avoue avoir une faim de loup, la journée sportive m'ayant excité les papilles.

Nous dévorons d'excellents röstis et des saucisses grillées. Puis un merveilleux fromage blanc avec de la confiture de myrtilles.

Devant la cheminée, nous n'avons guère le temps de siroter notre abricotine. La fatigue de la journée nous pousse dans nos lits, un peu moulus, malgré une bonne douche bien chaude et avec la sensation bizarre d'avoir encore nos chaussures de ski aux pieds et de dévaler des pentes toute la nuit !

De nouveau, en plein sommeil, un cri, en forme de plainte lugubre, traverse le village, suivi d'une déflagration sifflante et de chocs lourds.

C'est un bruit étonnant, qui semble se propager du bas de la station vers le haut. Un bruit long, inédit, inquiétant ! On croirait à des chocs successifs, résonnant dans la vallée. Un second bruit s'ensuit comme un roulement sinistre évoquant une avalanche.

Là encore, je me lève en sursaut, réveille Soizic, qui a entendu cette fois-ci.

Nous montons regarder sur le balcon. Impossible de voir, il fait nuit noire et aucune lumière n'est présente curieusement. De nouveau, un silence pesant s'installe. Comme rien ne se passe d'autre, nous allons nous recoucher, avec un drôle de sentiment. Mais mon sommeil tarde à revenir, je n'ai pas rêvé et me demande sans cesse quel est ce bruit, d'où peut-il venir ? Finalement, sans réponse, je m'assoupis.

Toute la maisonnée dort paisiblement, sans se douter d'une catastrophe.

MERCREDI

Le lendemain, nos cousins nous réveillent affolés, ils viennent d'apprendre, par la radio locale, que le câble du téléphérique s'est rompu cette nuit, entraînant la chute de nombreux pylônes métalliques de soutien. On n'en sait pas plus, mais c'est une catastrophe. Il semble que des chalets sous le trajet aient été endommagés par une avalanche. On ne sait pas s'il y a des victimes.

Du balcon, on aperçoit arriver des voitures de police et des ambulances. De multiples locaux et touristes convergent vers la gare du téléphérique. La princesse est bouleversée et nous demande ce qui se passe. Le village est en ébullition. Comment cela a-t-il pu se produire ? Est-ce un accident ou un sabotage ? Les conversations s'enflamment et déjà une certaine panique atteint les usagers, en évoquant le pire si cela s'était produit dans la journée. Les personnels des remontées sont aux abois, certains paniquent, d'autres essaient de se mobiliser efficacement pour contenir la foule des skieurs.

Le bourgmestre, Théophile Übner, son équipe municipale, Lucas Steiner, le directeur de station, arrivent sur les lieux en toute hâte et ne peuvent que constater les faits, sans apprécier les dégâts. Comble de malchance, c'est la pleine saison de ski. Il faut prévenir de toute urgence les autres stations et orienter à Monthey, en bas de la vallée, les skieurs.

La police de Lausanne est dépêchée au plus vite, pour régler les problèmes de circulation et diligenter une enquête.

Le commissaire Gravelle est nommé à cet effet. Il est déposé au petit matin par hélicoptère. C'est un homme corpulent et rondouillard, affublé d'un costume prince de galle, gris vert, avec un petit gilet vert sapin, une chemise jaune et un nœud papillon vert. Il porte un grand manteau gris et un chapeau tyrolien. Son visage, assez épais, est barré par d'imposantes bacchantes, et il fume, comme tous les commissaires, la pipe mais celle-ci est en écume. Sa voix est forte et tranchante. Il convient de respecter à la lettre ses décisions.

Le commissaire est un vieux briscard de la police judiciaire de Lausanne. Il a été confronté à de nombreuses énigmes et son flair est renommé.

Comment ne pas se rappeler l'affaire des faux billets, qui a ébranlé le pouvoir fédéral, remontant à quelques années. Une vaste filière polonaise, commanditée par les Russes, avait pris pied au Vatican, par l'intermédiaire d'une comtesse, épouse d'un diplomate, très en vue chez le Saint-Père, polonais lui aussi. L'IOR, dirigée à l'époque par un cardinal incompétent, non formé à la finance, était en fait soumise à un certain Monsignore, dont le but était de renflouer illégalement les caisses du Saint-Siège. Par le biais d'achats immobiliers en espèces, il les revendait, en faisant un gros bénéfice, par le truchement de sociétés opaques, sur les places appropriées en Suisse, Luxembourg, Liechtenstein et Bermudes. Cependant, les espèces étaient fausses, fabriquées en Sicile, dans la banlieue de Palerme. Le faussaire Alberto Colonni était un expert dans les faux papiers et avait déjà beaucoup travaillé pour la mafia, mais aussi les services secrets russes. Les faux billets étaient un vrai chef-d'œuvre, si proches de la réalité que depuis des années ils étaient écoulés sans problème et transitaient dans une banque suisse, puis à l'IOR. C'était une organisation parfaitement rodée, qui agissait en toute quiétude et efficacité.

Malheureusement un discret incident se produisit à Genève : un des banquiers se rendant chez sa maîtresse oublia son téléphone chez elle. Ce dernier sonna, la maîtresse eut le malheur de décrocher. Quelque temps après on trouva son corps au pied du mur des Réformateurs.

L'enquête, menée par Arthus Gravelle, le mena rapidement au banquier suisse. L'écoute de son téléphone remarqua un appel de la Sicile. Le bornage par ses collègues italiens conduisit à l'arrestation d'Alberto Colonni qui donna ses sources vaticanes et le fameux Monsignore.

On constata ainsi l'ampleur des dégâts financiers, et particulièrement de la banque suisse concernée jetant l'opprobre sur l'institution. Il fut découvert aussi l'implication des Russes, *via* sa comtesse polonaise, qui disparut très discrètement à la barbe des policiers. Le commissaire a donc gagné une aura légendaire.

Il décide d'abord de faire un périmètre de sécurité, pour contenir la foule. Ensuite, en coordination avec les sauveteurs, faire le point sur ce qui s'est passé et en connaître les circonstances. Personne ne doit pénétrer la gare du téléphérique, tant que l'équipe de prélèvements scientifiques n'est en poste. Enfin, avec le bourgmestre, il faut calmer la population et la rediriger sur des lieux chauffés, en attendant d'autres directives.

Le bourgmestre, couvert d'une épaisse parka rouge, coiffé d'un bonnet en laine bleu marine, agite les bras en tous sens, ressemblant à un pantin bien en chair. Le directeur de la station, est lui aussi en pleine effervescence, en dirigeant les pisteurs et sauveteurs, il paraît peu affecté par ces événements.

Comble de malheur, le temps est maussade, le plafond bas, il fait encore presque nuit et le vent froid s'est levé, donnant une ambiance sinistre et angoissante. L'appréciation des dégâts reste encore impossible. On a entendu, après l'explosion, les bruits de casseroles des pylônes, tombant un à un, avec un immense souffle et un grondement évoquant assurément une avalanche.

Nous descendons rapidement aux nouvelles avec Jean et Gaspard, en nous frayant un passage parmi la foule.

La cabine et le poste de pilotage ont explosé cette nuit, entraînant une rupture des câbles, qui ont joué, comme un coup de fouet, sur les pylônes, les sectionnant un par un. La rupture des câbles fut si violente qu'elle détruisit quelques voitures sur le parking, en face de la télécabine, mais aussi sur tout le trajet, ravageant en partie des petits immeubles et des chalets, tuant des habitants en plein sommeil. L'hôtel *Beau Séjour* fut tout juste épargné. La chute des pylônes entraîna une avalanche de grande envergure, balayant tous les chalets en dessous. Peu à peu les enquêteurs commencent à appréhender l'ampleur de la catastrophe. Des cris de choucas viennent glacer l'atmosphère et déchirer un silence mortifère.

Impossible d'avoir par téléphone les préposés de la cabine de la Croix du Culet. Le désastre est majeur, il est encore trop tôt pour apprécier l'importance du sinistre, ni le nombre de maisons atteintes. Les enquêteurs constatent que l'accident a bien commencé par une explosion au niveau de la gare de la télécabine, provoquant cette rupture de câbles. Des prélèvements d'explosifs ont été effectués, ce pourrait être du semtex.

Les guides et sauveteurs, sous la direction de Lucas Steiner, le directeur de la station, se rassemblent pour diriger au plus vite des opérations de secours.

Lucas Steiner est un homme de 50 ans, baraqué, un sportif d'un bon mètre quatre-vingt, blond, cheveux courts, des yeux d'un bleu perçant et un visage taillé au couteau. Il porte une combinaison rouge, celle des moniteurs de la station. Il est né dans le Val D'Illiez, où il a passé son enfance et souffert de voir que les gens d'en haut de Champéry prospéraient, alors que ses parents, modestes paysans du bas de la vallée, restaient miséreux, spoliés de terres constructibles pour l'établissement de la nouvelle grande route des Troistorrent.

Il a été engagé par le bourgmestre, il y a plus de vingt ans, recommandé par un ami de Lausanne.

Ses états de service sont parfaits, il a dû faire quelques années auparavant l'armée, puis fut recruté comme garde suisse au Vatican durant cinq ans. C'était pour lui un honneur d'être incorporé dans cette institution. Ensuite, il quitte la garde suisse curieusement, alors qu'il avait en charge tout un secteur du Vatican, où se trouvait la banque vaticane, l'IOR.

Il reprit quelques études à Lausanne, où il côtoya de nombreux étudiants étrangers, mais sa passion est le ski. Tout gamin, il arpentait les pistes de la station de Morgins, où il fut moniteur de ski, puis responsable de cette petite station, qui rapidement se rattacha avec celles de Châtel et de Champéry. Fort de son expérience, il fut engagé par Théophile Übner, comme directeur de la station, il y a quelques années.

Une équipe de guides et pisteurs foncent sur les dameuses et des motoneiges. Une partie se dirige sous les câbles au niveau de l'avalanche. C'est un chaos indescriptible. Il est difficile de passer entre les câbles à terre, les arbres couchés par l'avalanche et les débris de maisons emportées. L'instabilité de cette zone est particulièrement dangereuse, déjà une dameuse a failli se retourner. Les motoneiges avancent à petite allure, puis s'arrêtent et essaient d'écouter s'il y a des appels.

Une autre équipe, menée par Lucas Steiner, se dirige vers le télésiège du Grand Paradis, qui pourra les ramener, via le télésiège de Planachaux et celui de la croix de Culet, à l'arrivée du téléphérique. C'est une course contre la montre pour sauver le maximum de personnes. Que s'est-il passé en haut ? Personne ne répond.

Arrivés au plus vite, ils découvrent la Croix de Culet, maculée de sang. Les mécaniciens du téléphérique sont tous inconscients, drogués sans doute. De leur talkie-walkie, les sauveteurs décrivent la situation aux policiers du bas. Un hélicoptère venant d'arriver de la vallée, avec à son bord l'inspecteur Afner désigné en renfort, remonte les joindre en compagnie du bourgmestre et des enquêteurs. Ils constatent, sur place, la profanation de la croix, d'éventuelles traces de pas ont été effacées et les mécaniciens inanimés.

« Quel bastringue ! s'exclame le commissaire, agacé par la situation. Comment cela a-t-il pu se produire ? »

Pendant ce temps, l'équipe de secours en bas, émergeant du brouillard sinistre, avec leurs chiens saint-bernards, provenant du célèbre élevage de Martigny, est sur la zone d'avalanche et débute un repérage minutieux.

Sur la route de Coux, une dizaine de maisons ont été balayées, leurs occupants probablement avec, puisque cela s'est passé alors qu'ils dormaient.

Avec des cartes topographiques, ils repèrent les zones où les maisons se situaient, et se mettent à sonder là où les chiens ont marqué, avec de grandes tiges métalliques. Le silence est de règle, à la recherche de victimes. Puis, selon les résultats, déblayer avec d'infinies précautions. Déjà trois corps sont retirés sans vie.

Les hélicoptères font des navettes incessantes entre la station et la zone d'impact, apportant son lot de victimes. Chaque voyage est une épreuve pour tous et les rafales de vent compliquent ces manœuvres. Une tempête de neige vient de débuter, aggravant les conditions des sauveteurs.

Finalement, on retrouve des habitants prisonniers dans leurs maisons, avec à peine de quoi respirer. C'est un miracle de les avoir dégagés à temps. Ils s'étaient, heureusement pour eux, endormis au sous-sol. La plupart des chalets sont en bois, mais construits sur un étage en pierre bien solide : c'est ce qui les a sauvés. Les sauveteurs et les victimes, au nombre de cinq, se pressèrent les uns contre les autres avec des remerciements infinis.

Quittant Planachaux, au début de la tempête, une cellule de crise est mise en place par le commissaire Gravelle, auquel est adjoint l'inspecteur Afner, en prenant possession du *Palladium*, proposé par le bourgmestre.

C'est le lieu de la station, haut en couleur, dans les matchs de hockey, proche de la gare du téléphérique et au milieu de tous les axes. C'est un immense édifice moderne en béton, où se trouve un centre sportif et culturel international, le plus grand de la vallée. Il a été construit dans les années 1950, sous l'impulsion de Wolf Übner, le fils d'Achille et le père du maire actuel Théophile. Il s'était battu contre de nombreux Champérollins, qui estimaient que ce bâtiment moderne était une verrue de béton, traumatisant l'unité architecturale de la cité. Cependant, il l'avait agrémenté d'une salle polyvalente, d'une piscine intérieure et extérieure, d'une patinoire où se déroulent des compétitions du monde entier. Une équipe de hockey est une des meilleures de sa catégorie. On y trouve aussi une halle de curling et un mur d'escalade. Au-dessus, un hôtel de dix-huit chambres atténue le site bétonné par une belle structure en bois. Il permet ainsi aux sportifs des compétitions internationales de loger sur place.

Wolf Übner s'était battu contre une cabale, montée de toutes pièces par Albert Müller, qui aurait voulu acquérir cet espace et relancer son commerce d'espionnage sous couvert d'exploits sportifs.

Albert avait diffusé à la presse locale, que les arrangements financiers étaient douteux. En fait, il y a eu différents sponsors, le plus gros étant la région des dents du Midi, ainsi qu'une aide de l'État fédéral. Albert Müller, et derrière la comtesse Zinna que personne ne soupçonnait, dut faire une annonce d'excuse et on dit qu'il se retira de la station.

C'est à cette époque qu'une comtesse, Zinna de Smorny, devait s'installer en haut de la station en dessous de nos cousins et de la princesse. Son chalet est assez triste, sombre, avec assez peu d'ouvertures ; il semble rarement occupé. La princesse, qui habite à l'année, s'est toujours étonnée de cette comtesse si énigmatique, qui communique peu avec ses voisins. Finalement, peu de gens savent pourquoi elle s'est établie ici.

Le commissaire et son bras droit Afner organisent les procédures de l'enquête.

L'inspecteur Afner a été dépêché par Genève pour seconder Gravelle, c'est un inspecteur de la brigade financière. C'est un gaillard, en jean et blouson de cuir. Brun, il est de petite taille, le visage buriné, témoignant d'activités physiques de terrain. Il fume des Winston à la menthe en permanence. Méthodique, il sera sûrement d'une aide précieuse pour le commissaire, même si leurs aspects et leurs approches sont différents, voire opposés.

La ville est en effervescence. Il est demandé à tous les touristes et aux locaux de rester dans la station et le canton, le temps que la police cantonale le décide. Bref nous voilà coincés dans ce village pour quelque temps !

Outre les dégâts engendrés par l'explosion du téléphérique à évaluer, c'est une catastrophe économique, pour l'avenir proche de la station, privant les skieurs sur toute une saison, au moins de ce domaine. Toutefois, il reste encore l'accès aux *Portes du soleil*, par la télécabine du Grand Paradis et le téléski des Planachaux pour les skieurs basés à Champéry. Sinon, par les remontées de Morgins ou plus loin celles de Châtel, l'accès est encore possible, mais la forfaiture vise, sans nul doute, la station de Champéry.

Suite à une accalmie, un ballet d'hélicoptères se relaie sur le parcours de la télécabine, transférant encore des victimes et évaluant peu à peu le désastre.

Un hôpital de campagne a été dressé, en urgence, par des équipes médicales venant de la vallée, dans une autre partie du *Palladium*. Le processus atroce de triage est mis en place. Pour les blessés en urgence extrême, les premiers soins sont mis en place avant de les évacuer sur les hôpitaux de la vallée. Pour d'autres, plus légèrement blessés, on les traite sur place. Enfin, une morgue est le dernier voyage pour beaucoup.

Dans ce chaos indescriptible, on tente de s'organiser et le commissaire essaie de prendre, malgré tout du recul, en exposant à ses collègues et au bourgmestre :

« Aucune signature, aucune revendication, seulement une nouvelle profanation de croix pour seule piste ! Il ne s'agit plus d'une plaisanterie avec ces nombreux blessés et ces morts dans les chalets. Un tel attentat, dans cette région si paisible, est incongru et laisse tout le monde choqué et désemparé. Pourquoi un tel forfait ? Qui a bien pu commettre une telle agression ? Quelles en sont les motivations ? »

Avez-vous, cher lecteur, une hypothèse ?

Nous allons au chalet prévenir nos épouses et relatons les faits. Nos épouses sont horrifiées ainsi que la princesse, venue aux nouvelles.

Jean, à son tour, se pose la question :

« Pourquoi faire de telles exactions sur cette station ? Pourquoi ces signes de profanation religieuse ? Le calvaire Chavalet puis la Croix de Culet. Il y a plein de calvaires et de chapelles alentour. Est-on revenus aux temps des conflits religieux avec “ceux d’en dessous d’Illiez” ? Cela n’a pas de sens, et pourquoi s’attaquer au téléphérique, coupant quasiment la station des Portes du soleil ? Qui aurait intérêt ? Est-ce une vengeance ? Un acte terroriste ? Une rivalité économique ? » Avec la princesse, nous en discutons, mais elle ne comprend pas, elle non plus, ces attentats.

Devant nos questions sans réponses, tournant en rond dans le chalet, ne pouvant rien faire de plus, nous partons, Soizic et moi, avec le minibus au Grand Paradis, pour remonter skier sur Planachaux. Les autorités ont permis cette remontée après avoir balisé le secteur et orienté des navettes, afin de contenter les skieurs et surtout désengorger la station.

Enfin un soleil radieux, émergeant d’un brouillard sinistre, apparaît dans la vallée. La matinée, venant à peine de commencer, il nous fallait nous sortir de ce marasme, n'y pouvant pas faire grand-chose. Nous donnons rendez-vous, à 13 heures, chez *Coquoz* à nos cousins qui nous rejoindront à pied.

Après quelques pistes sur le plateau, nous oublions quelque peu ces événements. Toutefois, bon nombre de skieurs ont déserté les lieux. On ressent une ambiance pesante, où planent une incompréhension et une crainte.

L'heure du vin chaud a sonné et nous retrouvons Jean et Gwenaëlle chez *Coquoz.*

Cette auberge, située en dessous de la Croix de Culet, dispose d'une magnifique terrasse, faisant face aux dents du Midi.

Lovés dans des transats, nous admirons ce paysage extraordinaire tout en sirotant notre vin chaud fumant et commandons le déjeuner. La situation nous paraît incongrue, avec ici un calme enchanteur et en bas un état d'urgence apocalyptique ! Mais qu'y pouvons-nous ? Nous nous disculpons, en retenant que les autorités préfèrent que le maximum de skieurs ait quitté la station.

La table est réputée. Depuis 1953, elle s'est embellie et sa devise est :

« Qualité, amitié, convivialité ». La salle à manger est dominée par une volumineuse cheminée conique en pierre, partant du plafond, construite par Jean Casanova, où l'on se met tout autour en déjeunant tout en se réchauffant, quand le temps est maussade. Ses plats sont savoureux avec des grillades, souvent agrémentées de champignons et d'herbes de la montagne, le tout rehaussé de son vin rouge « Phénoménal Cornalin ».

J'avais, en fait, une arrière-pensée : Je souhaitais voir de plus près cette Croix de Culet maculée, mais impossible d'aller plus loin dans les locaux de la cabine téléphérique où les policiers œuvraient.

Le repas terminé, nous quittons nos amis, et nous regagnons la station par la piste merveilleuse de Ripaille-Grand Paradis. Celle-ci fait tout un tour sur plusieurs kilomètres, au travers des mélèzes. Ici, pas d'attentat ou de populations en proie à la panique, tout est suspendu à un calme enchanteur.

Il s'agit d'une piste facile, avec, certes, quelques passages schuss et des passages sinueux sur un chemin d'accès, qui se déroule dans une forêt de mélèzes, avec en contrebas une source, qui s'écoule au travers de rochers et de paquets de glace. Seuls le bruit de glisse de nos skis et celui du cours d'eau enchantent les lieux. Au bout d'une heure de balade, avec un dénivelé de près de 800 mètres, nous arrivons à la fin de la piste, passant devant une auberge, tenue par une Anglaise, puis reprenons le minibus, sur le parking de Grand Paradis, pour regagner la station avec une certaine appréhension.

En arrivant dans le village, en milieu d'après-midi, nous constatons une pleine effervescence, contrastant avec le calme de notre balade à ski. Déjà, des journalistes sont arrivés pour couvrir ces faits incroyables. On raconte aussi que la police criminelle de Genève serait sur place pour toutes les investigations nécessaires.

J'ai la conviction que ces événements pourraient avoir un lien avec le passé de Champéry. Croisant Gaspard, je lui fais part de mes réflexions et il m'explique que beaucoup de rivalités financières et d'implantations d'hôtels ont été en jeu depuis l'incendie du *Grand Hôtel des Dents du Midi* dans les années 1920.

Les propriétaires de l'époque, Dimitri Müller avec sa compagne la comtesse Elena Polinski, furent découverts morts dans un bunker, au sous-sol où se trouvaient des installations de communication étonnantes, qui orientèrent vers un réseau d'espionnage. On aurait parlé à l'époque de rivalités entre cet hôtel et les sources thermales du Fayot, mais on n'excluait pas non plus un acte d'espionnage. L'affaire à l'époque fit grand bruit.

Dans cette ambiance délétère de ce milieu d'après-midi, contrastant avec celle de chez *Coquoz*, nous décidons de nous éloigner et d'en savoir plus sur ce site thermal.

Nous descendons par le train jusqu'à la gare du Fayot, puis gagnons à pied *l'hôtel des thermes.*

Nous voilà plongés dans ces sources chaudes réputées. C'est quand même original de troquer sa parka de ski et ses boots, pour un simple maillot de bain ! Une sortie du grand bassin se fait vers l'extérieur dans des bassins fumants entourés de neige. Il existe même un parcours à l'extérieur avec une eau, selon les endroits, à 20-25 degrés, et une température extérieure à moins 7 degrés. Le contraste est saisissant !

Les lieux aussi sont marqués, par une cuvette au fond d'une vallée, entourée de massifs enneigés. Ici l'espace est tout autre, plutôt familial. On se délasse dans l'eau, avec des jets de massage, plus ou moins puissants, et des jacuzzis en plein air, fumants vers un ciel d'azur me rappelant les fameux bains Széchenyi de Budapest. J'ai même tellement lutté contre un jet, que j'ai le dos un peu en capilotade ! Rien de tel qu'un hammam pour vous remettre en forme, puis d'un sauna où vous avez l'air tout gringalet face à des armoires teutonnes qui transpirent à flot. J'aurais dû enlever mes lunettes d'écaille, car avec la chaleur je les sens se ramollir ce qui me fait sortir en toute hâte !

En interrogeant les propriétaires actuels, ceux-ci racontent qu'il y aurait eu une rivalité entre l'hôtel des bains du Fayot, devenue des thermes, et l'hôtel des Dents du Midi, où en captant les sources chaudes de Mémière, qui existaient à l'entrée du village, on pouvait là aussi créer des thermes.

Ainsi, outre leur besogne d'espions, déjà à l'époque, Dimitri Müller et sa compagne, la comtesse Elena Polinski, souhaitaient développer ces sources, pour faire des thermes dans la station. Ils souhaitaient attirer ainsi plus de touristes internationaux.

Les propriétaires des thermes du Fayot, qui étaient de la famille d'Achille Übner, ne l'entendirent pas de cette oreille et auraient commandité des sbires, qui mirent le feu à *l'hôtel des Dents du Midi*. Par ce crime, ils ne surent pas qu'indirectement ils avaient démantelé un réseau d'espions russes. Il est fort possible aussi que les services secrets suisses aient pu être aussi à l'origine des faits, ayant appris le danger que représentait cet hôtel. Mais tout cela est du passé et la vérité n'est pas moins sûre.

Après ces trois heures de détente, nous remontons à Champéry par le train à crémaillère et débouchons sur la gare hautement gardée.

Il faut montrer patte blanche en présentant nos passeports et expliquer notre lieu de villégiature dans la station.

Lors de ce contrôle, en levant les yeux, je suis attiré par un graffiti rouge, plutôt évoquant un caractère cyrillique à côté du panneau de signalisation des pistes. Je n'avais pas l'impression de l'avoir vu hier. Pourtant tout le monde regarde dans cette direction pour s'informer, mais aucun n'en a fait cas. Je me permets d'en faire part à une autorité policière sur place, tout en le prenant en photo avec mon iPhone.

Le policier en prend note, ainsi que nos coordonnées, sans enthousiasme, et nous prie de quitter les lieux. On aperçoit une partie de la gare du téléphérique dévastée par l'explosion et un reste de télécabine qui s'est décroché dans la fosse.

Durant toute la journée, les sauveteurs ont redescendu les mécaniciens du téléphérique et les blessés qui ont pu être dégagés. Ils sont transportés au *Palladium*.

Les mécaniciens sont interrogés par la police. Ils déclarent n'avoir rien remarqué d'anormal, si ce n'est que leur repas avait été apporté par un remplaçant de la personne habituelle appelée Mattéo, laquelle, aux dires du remplaçant, serait souffrante.

Le commissaire demande à quoi ressemblait ce remplaçant. Les victimes décrivent un homme sec, grand, portant une parka verte. L'individu était peu bavard, de l'ordre de la cinquantaine, sans autres signes particuliers.

Ce n'est qu'une heure après leur dîner que chacun sombra dans un sommeil profond. Le commissaire Gravelle et ses collaborateurs n'en tireront rien de plus.

Il délègue à Afner le soin d'enquêter sur les conditions de construction du téléphérique et de prendre les informations auprès du bourgmestre, Théophile Übner, son conseil cantonal et Lucas Steiner, le directeur de la station, sur le dénommé Mattéo.

Mattéo habite dans un hameau à Rumière. Tout le monde le connaît comme un employé cantonal brave et honnête, natif du bourg.

Un détachement de police les trouve, avec sa femme, ligotés dans la réserve à bois de son domicile. Rapidement détachés, ils sont amenés au *Palladium* où le commissaire Gravelle, en compagnie du bourgmestre, les interroge.

Ils racontent :

« Dans l'après-midi de mardi, ils durent ouvrir à une femme d'un certain âge assez raffinée, un foulard rouge épais, mis en avant, cachait sa face. Elle portait une écharpe violette sur un manteau bien élimé. Elle avait un accent plutôt étranger de l'Est, et leur demandait de l'aide, car elle s'était perdue. Une fois la porte ouverte, surgit un homme grand et sec, avec une parka et un gros bonnet lui masquant quasiment le visage. Avec une arme à la main, il nous fait signe de nous asseoir et nous assomme. Puis c'est le trou noir ; nous nous sommes retrouvés, quelques heures après, ligotés comme des saucissons de montagne, dans la réserve de bois, en train de crier à l'aide. »

La police essaya de relever des empreintes, mais en dehors des traces de pas d'un homme et d'une femme aux alentours et de celles d'une motoneige, rien d'autre. Quelle guigne que les chiens soient réquisitionnés sur l'avalanche.

Nous nous rendons au milieu du village pour réserver une table, pour ce soir, au restaurant de l'hôtel *Beau Séjour*, n'ayant plus grand-chose à manger dans le chalet et les commerces de bouche étant dévalisés.

Les rues sont pleines de touristes, vaquant à des achats dans les boutiques de sport ou de décoration d'intérieur. D'autres, dans les cafés, passent le temps à ergoter sur les derniers événements. L'ambiance est lourde, les skieurs désœuvrés et les autochtones sont encore sous le choc. Que va devenir cette station si dynamique, privée ainsi d'une partie de ses installations ? Les commerçants sont particulièrement inquiets sur la saison qui va être perdue. Beaucoup connaissaient les victimes des maisons de la route de Coux et la consternation est de mise.

Une chapelle ardente, recueillant les corps, est organisée dans l'église.

Nous croisons, au milieu de la rue principale, un chantier où quelques vieilles maisons délabrées ont été détruites il y a quelques mois, pour faire place à un projet immobilier de grande ampleur : il s'agit de la construction d'un énorme complexe hôtelier qui, selon les piquets témoins déjà installés, devrait voir le jour l'année prochaine : Le projet Smirnoff.

Nous nous arrêtons dans un charmant bistrot de la rue principale où nous retrouvons nos amis Gaspard et Lucie qui s'entretiennent avec la princesse.

D'après eux, ce projet est très contesté, bouchant la vue sur la vallée et les crêtes de par sa hauteur. Derrière ce complexe, des financiers russes seraient à l'œuvre, mais la municipalité s'y oppose, par une votation drastique vis-à-vis des étrangers. Il est certain que le cachet du village en souffrirait. Mais de nombreuses tractations et pressions de groupes financiers persistent à élaborer cet ensemble, qui drainerait alors une population touristique très huppée. Il y aurait un hôtel de grand luxe, un casino, des thermes, des boutiques de luxe qui n'ont pas leur place ici. Théophile Übner et son conseil cantonal s'y opposent farouchement.

C'est alors que je remarque, pour la deuxième fois, au milieu de ce chantier béant, un écriteau en lettres cyrilliques rouges, différent du premier, que tout le monde a ignoré jusque-là. Je prends à nouveau une photo.

Alors que nous déambulons dans la grande rue, le couchant illumine à nouveau les dents du Midi et là, stupeur : deux des cinq dents ne sont pas rougeoyantes.

Le phénomène, déjà vu la veille, se reproduit. Il ne s'agit plus d'une coïncidence : quelque chose se passe dans la station, sans aucune explication. Des témoins, comme nous, préviennent les autres habitants, qui sortent des magasins et des bars pour lever de concert la tête, éberlués. Bientôt, un vent d'inquiétude souffle sur tout le village. Même les anciens n'avaient vu chose pareille et dans ce contexte, quelle en est la signification ? Est-ce bien réel ou une hallucination collective ? Les autorités locales constatent elles aussi le phénomène. Le bourgmestre fait prévenir le curé, le père Büscher, en pleine messe, qui accourt à la hâte, la soutane relevée. Il n'a aucune explication religieuse. Peu à peu la nuit tombe sur la station, mise en quarantaine et surveillée par de nombreux policiers cantonaux.

Une nouvelle est diffusée à la station par les services cantonaux et les policiers : interdiction de quitter le village sans autorisation et décision d'un couvre-feu à partir de 22 heures.

Dès lors, nous allons directement dîner à l'hôtel *Beau Séjour*.

C'est un vieux chalet en bois, noirci par le temps, aux balcons orientés vers les dents du Midi, dont les toits pentus, chargés de neige, forment des stalactites, contrastant avec les balcons foncés. Pavoisés aux couleurs de la Suisse et du Valais, l'été, ses balcons débordent de géraniums. Il a été miraculeusement épargné quand les câbles du téléphérique ont cédé, lors de l'explosion.

L'accueil y est chaleureux, dans un décor boisé, avec une cheminée monumentale, qui permet de faire des grillades, spécialité du restaurant. Cependant, ce soir-là, outre les pensionnaires de l'hôtel, nous n'étions pas nombreux à nous déplacer.

Les discussions sont feutrées, pesantes, on ne parle que de l'attentat, fomenté ce jour. À une autre table, plus à l'écart, le commissaire Gravelle et son inspecteur discutent autour de leur plat.

À la carte du chef renommé, on découvre un foie gras poêlé aux pommes et muesli aux fleurs que je sélectionne. Pour d'autres, ce sera un velouté de carottes aux châtaignes. Puis nous choisissons, certains, un filet d'agneau braisé ou encore une côte de porc de la Gruyère aux girolles. D'autres, une côte de bœuf ou un chateaubriand, que je sélectionne. Soizic et Gwenaëlle préféreront, parmi d'autres spécialités, une volaille de Bresse rôtie en cocotte, sauce morille sur son lit de foin d'alpage. Au dessert, une tarte aux myrtilles maison fera l'unanimité. Les conversations sont plutôt orientées vers nos familles, nos amis, les enfants, évitant les nouvelles du jour.

Chacun raconte une anecdote vécue dans le coin :

— Soizic évoqua, à Arolla, des touristes japonais, qui prirent en photo nos quatre blondinets et leur apprirent à réaliser des origamis.

— Pour ma part, je me rappellerai toujours, dans le restaurant d'un vieil hôtel à Zermatt, où nous étions servis avec de l'argenterie, la tête de mes enfants, quand arriva le dessert : un gâteau à la carotte !

— Jean et Gwenaëlle racontent la construction de leur chalet, le choix de l'endroit escarpé où coulent sans discontinuer des sources au milieu des mélèzes. Le chantier fut titanesque. L'accès des matériaux se fit à l'aide d'hélicoptère. Le point de vue, à couper le souffle, suffit à motiver le projet et à surmonter les difficultés. La montée des canapés et du mobilier se passa dans des conditions rocambolesques. Il faut dire que la route qui mène au chalet est très étroite, aucun croisement possible, et les engins de travaux, puis les camions de déménagement, eurent fort à faire pour ne pas tomber dans les propriétés en dessous. Heureusement c'était pendant la période estivale, les routes étaient sèches. Le voisinage accepta l'inconfort des travaux, seule la comtesse polonaise fit des remarques désagréables.

Ces émotions nous ont aiguisé le palais et nous nous délectons de ces merveilles, agrémentées d'un Caryas Syrah 2018 de chez Jean René Germanier. Le dîner est savamment rythmé et nous quittons l'établissement pour retourner chacun chez soi en temps voulu, en remontant le chemin de Damonvelle sous une neige épaisse.

Inutile de vous dire qu'après ces agapes, tout effort est vain et seule une petite abricotine vous amène avec délectation dans votre lit.

Au cours de cette soirée-là, le curé Büscher appelle son évêque pour l'informer des profanations à répétition faites sur la paroisse de Champéry et, plus grave, elles s'accompagnent d'attentats meurtriers. Doit-on y voir une entreprise à visée destructrice de la paroisse ? Lui autorise-t-il de faire une procession avec les reliques de saint Théodore d'Octodure pour protéger la station ?

L'évêque signale au père Büscher qu'il avait appris aussi, par le nonce, qu'une opération financière a été déjouée, il y a quelques années au Vatican, concernant un financement occulte dans la station de Champéry. Des espions russes, par le biais d'un sergent suisse, seraient entrés en contact avec un Monsignore, travaillant à la banque vaticane. Les protagonistes ont pu fuir avant d'être arrêtés. Les autorités suisses ont été tenues au courant par le biais de l'inspecteur Afner, mais c'est le commissaire Gravelle qui démêla avec brio cette affaire.

L'évêque promit d'envoyer un émissaire pour l'aider à soutenir ses ouailles et les conforter dans cette épreuve.

Une fois le curé entendu, l'évêque s'enquiert d'appeler le ministre des Cultes, à

Genève, pour clarifier la situation. Y a-t-il des opposants à l'Église catholique, pour mettre à feu et à sang la station de Champéry ? Il y a eu, certes il y a cinq cents ans, des altercations sanglantes de voisinage dans la vallée d'Illiez, mais qui ne paraissent plus d'actualité. Le ministre prévient le prélat que les services secrets de l'État sont à l'épreuve pour déjouer des complots internationaux, mais qu'il ne peut en dire plus, il le tiendra au courant. Il le rassure en l'informant que le commissaire Gravelle est sur cette affaire.

Le curé Büscher est un pur produit local. Après une formation au séminaire de Genève, il fut nommé comme vicaire en bas de la vallée, à Monthey, puis sur la paroisse d'Illiez et enfin, depuis plusieurs années, sur sa terre natale à Champéry. Sa famille exploitait la ferme de Coux. Ses rapports avec le bourgmestre, Théophile Übner, sont cordiaux et même amicaux. Il est très dynamique dans sa paroisse. Il côtoie aussi le pasteur Sauquer avec une grande cordialité. Bien sûr, il connaît chacune de ses ouailles, dont le célèbre berger

Albert, avec qui il randonne souvent, et a une certaine influence dans la vie de cette station.

Il connaît bien tous les anciens conflits entre les gens d'en bas, ceux du Val D'Illiez, et les gens d'en haut, ceux de Champéry.

Dans ses archives il a retrouvé en 1723 les fameux démêlés dans une rétrospective savoureuse :

« *Nos anciens avaient fondé plusieurs messes à Champéry pour y être dites les jours de fête. Ces fondations avaient été reçues par les curiales ou châtelains de Val D'Illiez et acceptées des révérends prieurs, qui étaient venus les dire régulièrement. En l'an 1723, à la visite de Monseigneur Supersaxo, à l'insu de tout le village de Champéry, ils firent, à leur mode, des représentations audit prélat que c'était un tort pour eux que les prieurs ou vicaires les privassent d'une messe pour venir la dire à Champéry, les jours de fête [...]. Monseigneur ordonna donc qu'ils ne vinssent plus dire les jours de fête, que les prieurs perçussent également les revenus desdites fondations. Nos gens étonnés allèrent à leur tour faire les représentations audit Monseigneur qui avoua qu'il avait été surpris par les mensonges de ceux de Val*

D'Illiez qui lui avaient dit qu'il n'y avait qu'une petite demi-heure de distance depuis Champéry jusqu'à Val D'Illiez. » Ainsi naturellement les Champérollins obtinrent, de leur évêque, la création d'un rectorat. Ils agrandirent leur chapelle, puis une église devant l'affluence, et c'est en 1725 que le clocher baroque fut adossé à l'église.

Ils célèbrent ainsi tous les ans de grandes fêtes en été, véritable ostension de leur saint patron, saint Théodore d'Octodure ou Théodule du Valais, probable missionnaire venu d'Orient, premier évêque du Valais, à la fin du IVe siècle. Il aurait entrepris, sous la direction de Saint-Ambroise, la christianisation des régions alpines de la Suisse et devint premier évêque d'Octobure, actuellement Martigny. Il est fêté le 20 avril par les vignerons du Valais, dont ils reconnaissent l'implantation de la vigne dans cette région.

Le père Büscher vit un ministère complet, n'hésitant pas à aller l'hiver en ski voir ses paroissiens malades.

Rien ne se passa cette nuit-là, du moins à Champéry, sous couvre-feu. Pourtant le pire eut lieu. Le vent et la tempête de neige ont dû masquer ce que j'ai cru entendre comme une explosion lointaine et un cri ouaté venant du Val D'Illiez. Je dormis d'un sommeil profond, repu de cet excellent dîner. Nos hôtes firent de même dans un calme innocent.

Je rêvais de ces querelles de clochers, où il fallut l'intervention du gouverneur et de l'évêque de l'époque pour tenir leurs ouailles et percevoir au plus juste une taxe sur les biens. Pourtant la quiétude des lieux, la beauté du site, l'art de vivre des habitants viennent d'être tourmentés, comme si une menace planait comme autrefois. Je voyais des prédateurs, en habit sombre, venant extirper les habitants de leurs domiciles et les conduire, au milieu du village, dans l'église, où ils mirent le feu.

Gaspard et Lucie sont inquiets de la tournure des événements. Jamais ils n'avaient vécu de tels moments. La princesse n'a jamais vu chose pareille. Que de malheurs s'abattent si durement sur ce village sans histoire depuis longtemps.

Le bourgmestre, Théophile Übner, et sa femme Augustine n'en croient pas leurs yeux et ne trouvent pas le sommeil. Le conseil cantonal est aussi particulièrement inquiet. Bref, tous les vieux Champerrollins n'en reviennent pas et les touristes aimeraient bien quitter la station.

Le commissaire Gravelle et l'inspecteur Afner sont en pleine expectative et font le bilan de la journée avec leurs collaborateurs, en espérant qu'aucun autre attentat ne vienne perturber cette nuit dans la station, les dispositions ayant été prises.

La situation est grave avec de nombreux morts. On a cherché à détruire les installations essentielles de la station. On retrouve toujours des signes de profanation.

Qui peut être derrière cette machination ? Gravelle commence à avoir une petite idée. **Et vous, cher lecteur ?**

JEUDI

C'est au petit matin que nous apprenons, par Gaspard, qui monte quatre à quatre les marches du chalet et arrive, tout essoufflé, pour nous dire que le pont de la route des Troistorrent avait sauté cette nuit, emportant aussi la voie ferrée. La route de Champéry et des Crosets est coupée. À cela s'ajoutent un début d'incendie à l'église de Val D'Illiez et son calvaire maculé de sang. Il vient de l'apprendre par le bourgmestre.

C'est un chaos indescriptible, où sur place les habitants du coin tentent d'extirper des décombres les victimes. Arrivant du bas de la vallée, les gendarmes et les pompiers de Monthey et de Martigny viennent porter secours et effectuer les investigations. C'est le point fragile du Val D'Illiez, pour l'accès aux stations suisses, au-dessus. La nouvelle route passe sur un surplomb au ras de l'église. À ce niveau, un parking souterrain a été édifié, sortant de tout esthétisme. Puis le pont enjambe les cours d'eau, véritable prouesse technique, et juste en dessous passe la voie de chemin de fer. Il aura fallu plusieurs années pour édifier cette nouvelle route, nécessitant l'expropriation de certains terrains et fermes à proximité. Mais c'était indispensable pour sortir d'un goulot d'étranglement à ce niveau, perturbant l'accès aux stations.

Le commissaire Gravelle et l'inspecteur Afner arrivent sur les lieux en hélicoptère avec beaucoup de difficultés, des rafales de vent balayant le site. Avec son flair aiguisé, Gravelle remarque d'emblée le génie des terroristes, qui ont choisi justement ce point faible, paralysant ainsi toutes les voies de communication.

Pendant ce temps, Jean ressort des bouquins sur l'histoire de Champéry pour essayer de comprendre.

Il est mentionné que :

« À la frontière entre la France et le Chablais valaisan, que s'y passait-il d'après vous ? De nombreux articles mentionnent que c'était un lieu de passage, non seulement pour les marchandises clandestines, mais aussi les êtres humains pourchassés, juifs ou résistants. »

D'après un autre manuel, pris dans sa bibliothèque, Gaspard nous explique :

« La frontière avec la France se situe dans le haut du Val D'Illiez. Le point de passage le plus bas est le col de Coux (1 921 mètres), prisé jusque dans les années 1950 pour la contrebande de sucre, de beurre, de tabac et de montres. Durant la Seconde Guerre mondiale, des habitants y ont aidé des réfugiés et des résistants à traverser la frontière et à passer des armes. »

On raconte aussi que tout un réseau d'espionnage profitait de cette situation depuis plus longtemps et que le nœud de ce réseau était situé dans *l'hôtel des Dents du Midi*, tenu à l'époque par Dimitri Müller.

Dimitri Müller était en fait d'origine russe, son nom Stakovski fut changé en Müller par les autorités russes, pour mieux s'intégrer dans la construction de l'hôtel. La comtesse Elena Polinski, riche veuve, éprise de Dimitri, l'aida dans cette entreprise. Depuis plusieurs années Dimitri s'est intégré dans la population et a pu ainsi acquérir l'hôtel, avec des fonds étrangers. On raconte que la comtesse Polinski, veuve d'un diplomate au Vatican, a permis des transferts de fonds, utiles au financement de cet hôtel.

En remontant plus loin, s'agit-il d'une conséquence de la transformation du *Grand Hôtel des Dents du Midi*, créé en 1857 et transformé à la venue du train. Puis de sa destruction, par cet incendie criminel, dont aucun responsable ne fut appréhendé ? Une chape de plomb avait couvert cet accident de manière étonnante.

Jean et Gaspard signalent encore de sombres histoires de clochers entre les Champérollins et ceux du Val D'Illiez datant du Moyen Âge. Les gens du bas n'ayant jamais admis qu'une église soit construite à Champéry ainsi que tout le développement de la station. Mais rien dans les faits n'oriente vers ces péripéties de l'histoire si ce n'est ces profanations de croix.

La station est complètement isolée, car il a énormément neigé cette nuit. Toutes les petites routes secondaires sont impraticables !

Cette fois-ci le pouvoir fédéral helvétique met en place une situation d'état d'urgence avec tous les moyens. L'armée est appelée en renfort, pour gérer les problèmes de transport et de ravitaillement. De nombreux hélicoptères font la navette pour apporter, du bas de la vallée, les denrées dans la station mais avec beaucoup de difficultés, car la tempête de neige perdure. La situation, avec les aléas climatiques qui sévissent, est catastrophique et les autorités sont acculées à faire, dans des conditions impensables, le maximum.

Le bourgmestre, Théophile Übner, demande aux habitants de rester au calme chez eux, et qu'ils seront tenus au courant de la situation. Mais la population gronde ainsi que les vacanciers, prisonniers de la station. Va-t-on enfin les laisser partir ? Pourquoi attendre encore d'autres victimes ? Certains se dirigent vers le Palladium pour invectiver le commissaire :

« Cette station est maudite, laissez-nous partir ! »

Nos épouses sont effrayées et ne souhaitent qu'une chose : quitter la station. Elles ne sont pas les seules, comme beaucoup de touristes, qui se mettent à paniquer. Il faut l'autorité de la police cantonale pour calmer tant soit peu les esprits. Ce qui nous rendit service, Jean et moi, car calmer nos épouses n'a pas été une mince affaire, heureusement l'abricotine a pu fonctionner !

Les informations locales font part de plusieurs décès de personnes circulant sur la route lors de la déflagration. Il s'agit surtout de livreurs de denrées et de matériaux pour la station, et de saisonniers, qui venaient prendre leur travail.

Les télévisions montrent des images de guerre apocalyptiques, où le pont des Trois-torrent a été complètement détruit. Les débris ont, en dessous, soulevé la voie ferrée, rendue impraticable. Enfin, l'explosion a mis le feu à l'église.

Les journalistes, arrivés on ne sait comment sur place, accentuent le stress de la population par des prises de vues inquiétantes : le clocher de la chapelle est encore debout mais fumant, la neige ayant fondu a pu éteindre en partie le foyer. Ils montrent le calvaire souillé et mettent en demeure les autorités de donner des explications.

Les gyrophares des ambulances se reflètent sur la neige et le plafond nuageux donnant au lieu, un aspect psychanalétique. Des renforts sont venus de Lausanne en toute hâte. Une rotation d'hélicoptères emporte les victimes vers les hôpitaux de Monthey et de Lausanne avec un bruit infernal.

À la télévision, le premier ministre suisse fait son discours, qualifiant cet attentat comme inadmissible, et le « blabla » habituel de ne pas céder au chantage. Le pouvoir fédéral est mis à rude épreuve, et l'affaire devient nationale, mettant en alerte les policiers et les militaires.

L'ensemble des journalistes locaux et internationaux déferle sur la région. Devant cette vague de mauvaises nouvelles et d'attentats à répétition, le pouvoir craint d'autres exactions et met le pays à son tour en état d'alerte maximum, en décrétant un état d'urgence, avec couvre-feu.

Comment se fait-il qu'un pays aussi neutre et calme soit devenu la proie de terroristes ? Les banques, habituellement si calmes et feutrées, commencent à geler leurs transactions, et l'économie est en voie d'un début de récession.

Nos commissaires Gravelle et Afner semblent un peu débordés par cette situation. Mais le sang-froid d'Arthus Gravelle lui permet d'analyser chaque preuve laissée.

Devant les journalistes, il explique :

« La situation est telle que les protagonistes l'ont souhaité. À la fois isoler la station et faire un maximum de victimes. Ils ont aussi choisi parfaitement la période hivernale pour accentuer les conséquences, masquer les indices et rendre difficiles les moyens de secours. »

D'un chalet à l'autre, les autochtones se retrouvent pour discuter. Nous nous rendons à côté, au chalet de Gaspard et Lucie.

Lucie est une Champérolline et connaît toute la station. Elle y a grandi, puis a exercé en France, et pour sa retraite, elle est revenue au pays. Tout le monde la connaît et l'apprécie. Elle sait tout sur tout mais là, elle est complètement démunie.

Elle a convié la princesse, qui se pose les mêmes questions : quels commanditaires sont capables d'autant de forfaits ? Cela va-t-il continuer ? Elle sait par son amie Augustine Übner, la femme du bourgmestre, que même les autorités religieuses de Suisse sont très inquiètes et commencent à envisager une procession dans le village avec les reliques de saint Théodore d'Octodure pour conjurer ces exactions. Son mari, Gaspard, connaissant tout le conseil cantonal, sait que la situation est critique et que pour l'instant les pistes des policiers sont minces.

N'ayant aucune explication, et condamné à rester sur place, je me permets de montrer les deux photos de panneaux, écrits en langue cyrillique rouge, sur plusieurs endroits que j'ai prises cette journée. Personne du groupe ne peut traduire, mais Internet va nous aider : il s'agit de deux phrases, effectivement écrites en alphabet cyrillique russe, dont la signification nous glace le sang.

— La première veut signifier « Un bras vengeur va arriver » (c'est la plaque du chantier).

— La seconde « Champéry tu disparaîtras par des actions sanglantes » (celle du téléphérique).

Interloqués, nous voilà dotés de preuves apparemment russes.

La Russie serait-elle derrière ces exactions ? Y a-t-il un rapport avec le réseau de l'hôtel des

Dents du Midi ? L'affaire devient inquiétante et nous dépasse.

Et vous, lecteur, avez-vous une idée ?

« Quelle tragédie, s'exclame la princesse, ce village était un havre de paix, je l'ai vu s'agrandir avec toute l'harmonie qu'il faut, et le voilà transformé en champ de bataille ! »

Immédiatement, détenteurs de cette information, nous descendons au Palladium en référer aux autorités.

L'inspecteur Afner nous reçoit, après plusieurs barrages de ses collègues, qui croyaient à des illuminés encombrants. Il nous écoute avec attention en compagnie du commissaire Gravelle, le regard pénétrant, la pipe à la main et les moustaches redressées. Afner apparaît peu préoccupé de notre découverte.

« Bon sang, mille mercis, j'ai enfin une piste ! » s'écrie Arthus Gravelle.

« Hélas, quel dommage de ne pas avoir remarqué plus tôt ces écriteaux, nous aurions pris des précautions tout autres, qui auraient peut-être évité ce nouvel attentat dévastateur ! » reprend-il.

En effet, le pouvoir fédéral le presse de trouver des responsables. Il fait relever les deux panneaux et dépêche Afner au Val D'Illiez pour chercher un éventuel indice, en particulier un nouvel écriteau. Et c'est au pied de la croix souillée de sang qu'est retrouvé un troisième écriteau, couvert de neige, en langue cyrillique rouge.

En attendant, le commissaire Gravelle, ragaillardi par cette découverte, se fait communiquer les anciennes documentations de l'hôtel des dents du Midi, en provenance de la bibliothèque du village, où elles étaient pieusement endormies sur des étagères. Parallèlement, il demande au bourgmestre les projets de construction Smiroff au milieu du village. Après quelques heures d'étude dans sa chambre de l'hôtel *Beau Séjour,* il commence à comprendre les commanditaires du projet. Il en fait part à son adjoint Afner qui reste dubitatif.

Une enquête internationale à Genève est menée, *via* les services secrets helvétiques, mais il faut éviter de renseigner les autorités russes pour l'instant.

Un notaire de Martigny, avait été sollicité, à l'époque, par une société luxembourgeoise, laquelle travaillait pour une société-écran aux Bahamas, qui aurait agi au sein du Vatican, *via* sa banque, pour financer le projet. Derrière, un sac de nœuds et de tractations venait compliquer l'affaire. Les services secrets du Saint-Siège, avec l'aide du commissaire Gravelle, avaient démantelé l'affaire mettant en cause une certaine comtesse polonaise, un Monsignore véreux et un garde suisse.

L'enquête précise que le notaire, Me Ambrosius, avait été contacté de nouveau par une comtesse polonaise. Il se pourrait que ce soit celle échappée du Vatican et que l'on recherche toujours. Certains faits évoquent sa présence depuis plusieurs années à Champéry, mais rien n'est sûr, car son nom diffère.

Me Ambrosius Ziegler est convoqué par les services secrets helvétiques, à Lausanne, car il est impossible de le faire venir à Champéry, vu l'état des routes depuis le dernier attentat.

Un chapeau tyrolien sur la tête, un costume gris élimé et un loden peu net sont les premiers éléments remarqués chez cet homme, âgé d'une soixantaine d'années. Il a la face rondouillarde, dotée de ridicules petites lunettes rondes. Il porte un attaché-case éculé. D'un premier regard, on pourrait trouver cet aspect banal, rendant ce notaire de province bien inoffensif.

Il apporte les documents des sociétés qui ont fait l'achat du terrain, par le biais d'un prête-nom suisse, pour contourner la votation, vis-à-vis des étrangers.

Empreint d'une inquiétude grandissante, ce froussard raconte aux enquêteurs qu'une première rencontre, très discrète, se passa au célèbre centre culturel la fondation Pierre-Gianadda, situé un peu en retrait de la ville de Martigny, au milieu d'un parc de sculptures.

De nombreuses expositions réputées amènent une foule de visiteurs pour admirer Van Gogh, Rodin, Giacometti, Toulouse-Lautrec,

Schiele, Chagall, Modigliani et bien d'autres. Chaque année, un maître de la peinture y est célébré. Des concerts sont aussi organisés et la fondation regroupe aussi un musée de l'automobile, avec des prototypes fabuleux, et un musée archéologique gallo-romain.

L'histoire dit :

« En 1978, la fondation fut fondée pour allier le souvenir d'un frère trop tôt disparu et le désir de promouvoir l'histoire de la cité et d'y apporter des animations culturelles temporaires. »

C'est précisément dans ce lieu très cosmopolite que la rencontre eut lieu, lors de l'exposition temporaire de Toulouse-Lautrec, face à l'affiche du *Moulin Rouge*.

La comtesse, sous le sceau du secret, proposa au notaire un projet d'achat d'un terrain, au cœur de la commune de Champéry, par le biais d'une société basée à l'étranger. Le notaire, ayant déjà trempé dans d'autres affaires de ce type, nota le projet intéressant, d'autant que les affaires étaient en baisse actuellement. Cependant, il ne se prononça pas tout de suite, demandant un temps de réflexion.

Une seconde entrevue eut lieu à Vevey : la comtesse de Smorny se présenta sous ce faux nom, accompagnée d'un grand gaillard blond aux yeux bleus pénétrants. Les négociations se passèrent dans la maison de Charlie Chaplin, dominant Vevey au cœur du vignoble. Les discussions furent âpres mais aboutirent, après augmentation des émoluments du notaire. Un rendez-vous fut pris quelques semaines après, au musée de l'Hermitage, pour la signature définitive, le temps de récolter les fonds nécessaires.

Les négociations finales ont eu lieu à la fondation de l'Hermitage de Lausanne.

Ce vaste domaine, sur une colline au-dessus de Lausanne, est très discret. Ses jardins sont luxuriants et la vue domine Lausanne. En 1841, le terrain est acquis. Un banquier, Charles-Juste Bugnion, fait construire en 1851, sur deux ans, cet édifice.

Son nom n'est pas sans rappeler celui de Moscou et il s'est dit que de nombreuses tractations russes s'y passèrent. Un des descendants avait épousé une comtesse russe du nom d'Elena Polinski, qui se retira à la mort de son mari. Les descendants, malgré l'opposition de la comtesse, donnèrent le musée à la ville de Lausanne.

L'Hermitage est une fondation consacrée aux beaux-arts de la Renaissance mais aussi de l'impressionnisme. Ses collections sont essentiellement des dons et legs à vous faire pâlir : Degas, Braque, Sisley, Magritte et dernièrement Bocion. Des collectionneurs privés ont choisi d'y déposer leurs collections, pour notre bonheur, qu'il s'agisse de toiles d'auteurs illustres ou de céramiques comme la collection Vergottis. Il y a fréquemment des expositions temporaires réputées, d'impressionnistes, de peintres russes, de contemporains.

C'est une bâtisse au fond d'un parc arboré, avec son fameux hêtre pleureur. Elle est dotée d'un étage avec, en façade, une jolie avancée et une véranda arrondie en fer forgé, d'une taille assez exceptionnelle. Les planchers craquent au fil des pas des visiteurs. Un monumental escalier en bois dessert le premier étage avec, en interpalier, une œuvre étonnante, faite de craies de pastel de toutes les couleurs, alignées en arc de cercle. Une dépendance en brique avec une tourelle sert de restaurant actuellement.

Me Ziegler raconte que les tractations ont eu lieu dans un petit salon privé. Il a remarqué qu'un des signataires, très corpulent avec une grande barbe, avait un fort accent de l'Est. Il était accompagné d'un autre signataire au visage émacié, de grande taille, et d'une femme élégante. Elle portait un manteau grège avec un grand chapeau rouge et un voile en résille lui masquait en partie le visage, elle avait elle aussi un accent prononcé de l'Est et connaissait parfaitement les lieux. Il l'avait déjà rencontrée à Martigny, puis à Vevey. Tous trois, après la signature, étaient très intéressés par des tableaux russes et de la région, exposés dans cet espace choisi. Il livra les noms aux autorités helvétiques, convaincues de leur fausseté.

Le notaire sera entendu des heures et mis sous surveillance sur place, dans une partie privée de l'établissement.

Il est bientôt midi et nous repartons, tout excités d'avoir apporté cette information, boire notre vin chaud au *Café du Nord*, accompagné d'une belle plancha de charcuteries valaisannes.

Vers 14 heures, l'inspecteur Afner, très agité, fumant cigarette sur cigarette, nous convoque pour nous apprendre que sur le troisième écriteau, qui a été analysé dans les locaux de la sûreté à Genève, est signifié que « Les dents du Midi seront témoins ».

« Qu'est-ce que c'est que ce charabia ! » marmonne le commissaire avec sa pipe d'écume. Nous lui faisons remarquer que depuis deux jours, après chaque accident, au couchant, une dent du Midi ne se colore plus. Nous sommes plusieurs à avoir constaté ce phénomène, sans aucune explication.

Il va se renseigner auprès de météorologues et de vieux guides de la station pour savoir s'ils ont une idée.

En ce début d'après-midi, nous récupérons nos épouses et décidons de faire une balade en traversant le vieux Champéry. Nous découvrons, dans cette partie du village, plusieurs oratoires et de vieilles fermes, aux toits pentus bien décorés, ployant sous de grande quantité de neige. Un chien aboie à notre passage, aucun propriétaire des lieux n'est visible ; tout a l'air endormi.

Nous abordons le « chemin des poussettes », dominant la Vièze jusqu'au Grand Paradis. Cette promenade, bien connue des Champérollins, s'avère facile au travers des sapins, qui nous saupoudrent, au passage, d'une neige fraîche. Des barrières de bois séparent les versants trop pentus. On aperçoit, au travers des sapins, la route en contrebas qui mène directement au Grand Paradis et qu'empruntent les navettes. De jolis ponts surplombent des cascades, couvertes de glace, aux reflets bleus. On y croise quelques skieurs acharnés. Des choucas se manifestent au-dessus de nous.

La gare des œufs de Grand Paradis, sur notre droite, nous continuons vers la route de Barme et le chemin du Roc. Hélas, coupés par la neige fraîche, tombée en abondance, il faut rebrousser chemin au bout d'une demi-heure, d'autant que quelques flocons se remettent à tomber.

Nous faisons un arrêt au Grand Paradis, dans une petite auberge au décor désuet, avec des coussins rose framboise, des rideaux écossais et des tables en bois rustiques avec des sièges aux dossiers faits de trophées de cerfs.

Elle est tenue par une anglaise enthousiaste, Mrs Smith, qui nous propose de savourer une tarte aux pommes et un bon chocolat chaud. La conversation porte bien sûr sur tous les événements de la vallée, mais curieusement elle ne semble pas trop s'y intéresser. Mrs Smith est une originale, apparemment vivant seule. Elle a développé son petit restaurant cosy il y a bien une vingtaine d'années. Son commerce marche bien, car il se situe à l'arrivée des pistes du Grand Paradis, proche de la télécabine, un peu en amont. L'été, elle fait partie aussi des arrêts des promeneurs, et déploie alors quelques tables sur une terrasse ensoleillée.

On ne sait pas d'où elle vient, mais elle fait maintenant partie des murs. Son accent est un peu forcé, ce qui fait son charme, et tous les pisteurs viennent chez elle, quand ils passent dans le coin surtout à midi. Elle a une petite tête avec un nez pointu, des nattes un peu grisonnantes et un grand tablier où sont dessinées des maisons anglaises. Elle aime plaisanter avec les locaux, même en anglais, ce qui amuse la galerie. Finalement tout le monde l'apprécie.

Voyant sa notoriété, nous insistons sur les attentats perpétrés dans la station. A-t-elle une explication ? C'est alors qu'elle perdit son amabilité et nous pria curieusement de partir, car elle doit préparer les tables pour ce soir. Un peu étonnés, nous réglons notre note et quittons les lieux, sachant qu'il faut bien une heure trente pour rentrer au chalet avant la nuit, aussi nous ne traînons pas trop.

En arrivant dans la station, la cérémonie du couchant est déjà là. Et ce que nous craignons tous se produisit : les trois premières dents ne sont pas rouges.

Au même moment, dans la rue principale, un cortège de montagnards en habit folklorique défilent derrière une croix.

En frac noir, chemise blanche, nœud papillon et haut-de-forme, le premier tient un bâton et tout un tas de grelots qu'il agite aux sons de cornes et d'accordéons. Quatre d'entre eux transportent un reliquaire, suivis du curé, le père Büscher, en surplis, portant un ostensoir. Derrière, toute la municipalité, le bourgmestre en tête, avec son écharpe rouge et blanc autour d'une veste autrichienne bleu roi et des knickers beiges, puis des policiers cantonaux en tenue de cérémonie, tenant des torchères. Dans la foule, qui suit, on aperçoit la princesse et nos amis Gaspard et Lucie. Tous supplient saint Théodore d'Octodure de les protéger. Le moment est grave, on ne voit aucun sourire, mais des prières ferventes et apeurées.

Nous suivons le cortège qui s'étire dans toute la rue principale puis descend vers la gare, sur la route du bas, jusqu'à l'entrée du village au niveau du calvaire de Chavalet. M. le curé, accompagné du vicaire dépêché par l'évêque, fait une bénédiction avec son ostensoir. Tout le monde se met à genoux, il fait déjà nuit, les torchères crépitent au vent, la neige tombe épaisse, le moment est solennel et dramatique. Puis M. le bourgmestre, Théophile Übner, épaulé par le chef de la station, Lucas Steiner, prend la parole, afin de rassurer la population, et explique que tout sera fait pour la protection de la station et pour trouver les auteurs de ces crimes. Chacun rentre un peu plus rassuré chez soi mais le moral est bien bas.

Ils n'ont pas remarqué l'attitude amusée d'Albert Müller, le petit-fils de l'ancien propriétaire du *Grand Hôtel des Dents du Midi*, grand échalas au visage émacié enfoui dans une parka verte et un bonnet, accompagné d'un colosse, portant une chapka en renard avec une barbe brune fournie, un loden vert et des gants marron. Le commissaire Gravelle et son adjoint, à quelques distances, ainsi que ses collaborateurs, assistent à la scène et tâchent de repérer des comportements suspects.

La cérémonie terminée, le commissaire Gravelle aime flâner dans les rues du village, la pipe à la bouche. Prendre du temps pour respirer l'ambiance de cette station est pour lui un moment essentiel pour réfléchir et analyser les faits. Il déambule ainsi, sous une neige épaisse, jusqu'à son hôtel, en prenant tout son temps. Peu à peu notre homme devient de plus en plus blanc !

Pour l'inspecteur Afner, c'était tout autre chose, il aime écumer les bars de la station et flairer, comme un renard, les conversations. C'est ainsi qu'il se rend souvent au bar *Le Hors-Piste* situé à proximité de la maison des guides. L'ambiance est chaleureuse, bruyante, enfumée. Souvent, il y rencontre Lucas Steiner. Les cocktails y sont détonants : vous pouvez commencer par « Chasse neige » à base de gin, sinon aller plus vite au « Schuss » à base de rhum, le « Looping » avec du téquila ou alors partir dans les airs avec « Parapente » à base de vodka. Le premier verre, vous êtes dans la station, à partir du deuxième vous planez entre Avoriaz et Châtel ! Par les temps qui courent, c'est bien un des rares endroits où on fait la fête, hélas il ne faut pas trop traîner, car les autorités policières et l'armée prennent position à tous les points stratégiques de la ville, pour la nuit, veillant à ce que le couvre-feu soit respecté à la lettre.

Pendant ce temps, le gouvernement suisse s'entretient avec ses homologues français pour établir un périmètre de surveillance à la frontière, notamment sur les communes d'Avoriaz, de Châtel et d'Abondance. Les services spéciaux se rendent à la fondation de l'Hermitage, où ils découvrent, au deuxième étage, par une porte dérobée, toute une installation logistique, orientant vers une piste russe. Ils tombent sur tout un appareillage de télétransmission et des rangées de dossiers très complets sur les activités commerciales, les projets de financement de la région, les installations militaires et aussi de nombreux documents sur plusieurs personnalités du coin. Le pactole est monstrueux et cette découverte va sûrement faire avancer les choses, le commissaire Gravelle est immédiatement mis au courant.

Ne pensez-vous pas, cher lecteur, que la piste de l'espionnage est la bonne ?

Comme il n'est pas question de se laisser abattre, Gaspard et Lucie sont invités au chalet, à une dégustation de vins du Valais digne d'une Tavolata. Gwenaëlle et Soizic nous ont préparé une raclette traditionnelle, car c'est dans ce canton du Valais qu'elle a pris naissance !

Gaspard nous apprend qu'en suisse allemand on l'appelle aussi *Bratchäs* ou fromage rôti. Il nous raconte l'histoire de la raclette, qui aurait été inventée par un vigneron distrait : pour se réchauffer, il se rapprocha du feu, or dans ses poches le fromage qui y était avait fondu !

Il faut un appareil de chauffage spécial, auquel on accroche une demi-meule. Gaspard, le préposé, ne doit pas s'arrêter de racler avec une spatule, le fromage ainsi fondu, que l'on mélange avec des pommes de terre bouillies et toute une variété de charcuteries savoureuses : viande séchée de bœuf en fines lamelles appelée encore viande des Grisons, jambon cru du Valais, cervelas, coppa, accompagnée d'une « Petite Arvine » de 2020 bien fraîche, un vrai délice !

« Des championnats du monde de la raclette seront organisés dans la station en octobre, c'est une première ! » se félicite Jean.

La température monte d'un cran et rapidement nous nous débarrassons de nos pulls bien chauds, et en chemise, le visage piquant et rouge, nous terminons le repas avec des bricelets, que l'on roule en cône pour y mettre une boule de glace.

Enfin un peu de répit dans tous ces événements. Gaspard et Lucie née dans ce village nous racontent comment les gens y vivent. Été comme hiver il y a des festivités traditionnelles, ils nous font ainsi partager leur passion de cette région. Amis intimes du bourgmestre, ils ont grandi ensemble et vu l'essor de la station. On comprend leur désarroi, quant aux événements. Quelques verres d'abricotine vinrent apaiser ce ressenti.

Les amis partis, la descente dans nos chambres pourrait ressembler à une épreuve de varappe et le sommeil gagne vite les apprentis montagnards.

VENDREDI

Cette fois-ci, malgré nos agapes, tout le monde est sur le balcon après une détonation tonitruante dans la nuit, résonnant dans toute la vallée, venant du fond du Grand Paradis, puis un cri déchirant. Et brusquement tout le village sombre dans le noir avec une panne d'électricité générale. Des sirènes d'alarme se mettent en route, créant une situation de guerre.

Rapidement, nous quittons le balcon pour aller nous habiller chaudement. Nos épouses, effrayées, allument des chandelles dans le chalet plongé dans l'obscurité. Avec Gaspard et

Jean, nous courons dans la nuit, une torche à la main. La princesse, affolée, de son petit balcon, nous demande ce qui se passe, hélas, nous n'en savons rien et nous allons aux nouvelles.

Nous traversons le vieux village. Les animaux beuglent affolés et les paysans sont effarés. Du chemin des poussettes nous apercevons en contrebas sur la route des voitures de pompiers et de police montant à toute allure, sirènes en marche et gyrophares allumés.

L'arrivée sur le parking du Grand Paradis est un champ de ruines. Les véhicules, proches de la télécabine, ont explosé et sont en feu. La télécabine n'existe plus. À la place, un vaste cratère et de nombreux débris de béton sont entremêlés, fumant au milieu de cette clairière si belle, entourée de mélèzes. Des soldats arrivés sur place nous repoussent sans ménagement, mais le commissaire Gravelle, nous apercevant, nous laisse le rejoindre.

Un périmètre de sécurité est établi pour enquêter sur des traces éventuelles et empêcher badauds et journalistes de pénétrer la zone. Déclarant ma profession de médecin, nous participons aux recherches, car sous cet amas de béton et de ferrailles disloquées, des hommes sont prisonniers. Des chiens du peloton de gendarmerie sont à l'œuvre pour repérer des victimes. Il faudra des pelleteuses pour avancer dans les recherches, elles sont en cours d'acheminement.

Ce bâtiment était pourtant sous bonne garde. Personne n'a rien remarqué, aux dires des témoins. Cependant un des gardes aurait entendu une motoneige s'approcher puis repartir. Elle semblait venir de la piste du Grand Paradis, et se serait dirigée vers l'auberge de Mrs Smith. Les sentinelles ont cru à une mission de reconnaissance d'autres soldats.

L'effervescence est à son comble, l'arrivée d'autres sauveteurs, vient s'ajouter aux militaires. Prenant du recul, je remarque, à la lueur de ma torche, sur le pont qui traverse la Vièze, un écriteau, différent des signalisations, avec une encre rouge et des caractères cyrilliques. Il y a aussi des traces de pas, probablement deux personnes, dont une sûrement plus corpulente, qui remontent vers la fin de la piste, proche de l'auberge tenue par l'anglaise, où nous nous sommes arrêtés hier à la fin de notre promenade.

Enfin, j'aperçois la croix du Grand Paradis, maculée de sang, que personne n'avait encore remarqué dans cette cohue. Aussitôt je préviens le commissaire, qui constate avec dégoût, cette nouvelle manifestation et fait appel aux gens des investigations criminelles.

Chacun s'étonne de l'absence de Lucas Steiner. Il a pourtant été mis au courant. Aucune réponse sur son portable, ni sur son téléphone de maison. Le bourgmestre fait envoyer un collaborateur à son domicile, un petit chalet derrière la maison des guides, au centre du village. Le domicile est vide et les voisins interrogés n'ont vu personne sortir.

« Quelle est encore cette diablerie ? » déclare le commissaire Gravelle. Il demande à l'inspecteur Afner de lancer une recherche. Il se rappelle, en effet, qu'Afner avait été sollicité il y a quelques années sur l'affaire du Vatican où Steiner avait trempé. Il sait aussi que Steiner et Afner se rencontraient régulièrement au bar *Le Hors-Piste.*

Le jour commence à poindre, une compagnie de motoneiges remonte la piste du Grand Paradis jusqu'à la pointe de Ripaille et au mur des Suisses, mais aucune trace n'est vraiment visible, car il a beaucoup neigé cette nuit. Cela reste une voie possible. Une autre équipe remonte, en dameuse, la piste rouge jusqu'à la télécabine haute, des œufs de Planachaux, mais là encore rien n'est visible. Au sol, les câbles et les œufs se sont effondrés au travers des mélèzes. Ici pas de victimes ni d'avalanche.

Par radio, les pisteurs du poste de secours des Crozets signalent qu'ils auraient entendu, cette nuit, un bruit de moteur et quelques lueurs ressemblant à une motoneige.

Effectivement, des traces sont retrouvées au petit matin au niveau de la Grande Conche, puis sur la crête, à la pointe de Mosette. La piste continue dès lors en France vers les Lindants, puis repique vers Pré-la-Joux, en direction de Châtel. Il ne peut s'agir que d'un seul individu, connaissant intimement la station, car de nuit, il est quasiment impossible de se repérer. De plus, connaître aussi bien les passages vers la France, dans ces conditions, ne peut être qu'un professionnel de la station.

Immédiatement les autorités françaises sont prévenues pour mettre en route une traque, sur ce périmètre de Châtel et de la chapelle d'Abondance. Les hélicoptères ne peuvent décoller du fait du plafond nuageux trop bas.

Au Grand Paradis, les efforts de déblaiement ont permis de dégager deux victimes. Ce sont les deux mécaniciens de garde hélas décédés. On trouve aussi les corps inanimés de deux sentinelles, l'une d'elles a été poignardée.

Interrogée par les enquêteurs, Mrs Smith leur apprend qu'elle a sursauté de son lit lors de la très forte explosion à proximité. Il devait être 2 heures du matin. Elle n'a rien entendu d'autre. Effrayée, elle n'a pas osé sortir, apparemment très choquée. Elle découvre l'ampleur des dégâts.

Le commissaire Gravelle redescend à son QG pour faire l'état des lieux. On lui apprend que la centrale électrique de la station a été détruite par un court-circuit volontaire.

« Il n'y a plus de doute, nous avons affaire à un commando terriblement bien organisé qui nous tient en échec et a toujours un coup d'avance sur nous », constate le commissaire, en bourrant sa pipe d'écume, la rage en lui. Il en réfère aux services secrets helvétiques pour avancer dans cette enquête foireuse.

Afin de continuer les investigations, le bourgmestre fait installer, aux postes stratégiques, des groupes électrogènes de secours. L'armée déploie aussi en renfort ses postes de campagne. On se croirait en plein conflit du Moyen-Orient ! La ville est en état de siège, quiconque doit se déplacer doit avoir un laissez-passer, signé par le bourgmestre. Les magasins d'alimentation, ravitaillés par les militaires, sont pris d'assaut et des queues interminables se dessinent dans les rues toutefois dans un calme et une civilité helvétiques. Seuls quelques touristes manifestent leur mécontentement, et demandent à être évacués de cet enfer.

Toutes les télévisions du monde sont aux abois pour transmettre, qui le mieux, les images chocs de ce troisième attentat en trois jours. Les reporters se déchaînent contre les autorités suisses et le gouvernement, les qualifiant incapables d'empêcher ces actes terroristes. Mais sans doute ne savent-ils pas les efforts en secret de la police et des services secrets, qui ne souhaitent pas communiquer leurs pistes pour l'instant. Le bourgmestre et le commissaire font cependant un communiqué laconique, faisant part de leur indignation et que tout est fait pour retrouver les assassins.

Les techniciens de la sûreté décryptent le quatrième panneau en cyrillique : « Tu regretteras le Grand Hôtel. »

Le commissaire, l'inspecteur Afner accompagné du bourgmestre se font transporter à Lausanne par hélicoptère, appelés par les services secrets suisses, forts de leur découverte qui pourrait avoir un lien avec tous ces événements.

Ils se dirigent rapidement dans les locaux de la sûreté, situés dans la ville historique non loin de la place de la Palud et de la rue de Bourg, où se trouve tout un quartier médiéval.

Le directeur de la sûreté, M. Gardner, les reçoit pour faire le point car la situation, dans cette région, devient critique. Trois attentats en trois jours avec un nombre impressionnant de victimes, une station de ski totalement détruite et isolée, des vacanciers pris en otages, c'est énorme, impensable, martèle le directeur. Le gouvernement ne peut tolérer cette situation, qui est en train de mettre le feu aux poudres dans tout le pays. M. Gardner est un homme sévère et implacable. Chauve, avec un nez crochu, il a l'aspect d'un condor, au regard perçant, glacial. Dans un costume trois-pièces noir, il toise sévèrement, derrière ses lunettes épaisses, nos deux policiers. C'est un vieux briscard, qui ne mâche pas ses mots. Il est persuadé qu'une activité terroriste à grande échelle, visant à déstabiliser le pays, est à l'origine de ces attentats. Le ton est ferme. Il est prêt à dessaisir le commissaire de l'affaire, pour la confier aux services secrets.

Pour le commissaire Gravelle, qui ne se laisse pas impressionner, la piste terroriste n'est pas satisfaisante, même si les écriteaux en cyrillique et les explosifs utilisés orientent vers une piste russe. Tout est fait pour faire croire à du terrorisme, mais son instinct et quelques menus indices le confortent sur une piste plus complexe, avec un désir de vengeance.

Il faut bien la matinée au commissaire pour convaincre Gardner de continuer selon sa méthode. Ce dernier lui donne quarante-huit heures pour démêler cette affaire.

Comme il est déjà midi, Gravelle et Afner se dirigent vers le restaurant de l'hôtel de ville, pour continuer à débriefer autour d'un papet vaudois, à base de saucisse aux choux et gratin de poireaux, la spécialité du coin. Ils définissent ainsi toute une stratégie pour avancer plus efficacement.

Quittant le centre-ville, ils en profitent pour de nouveau interroger Me Ambrosius Ziegler qui était assigné à résidence à l'Hermitage.

Ce dernier, toujours inquiet de son sort, confirme que le projet de la pseudo-société luxembourgeoise devait financer un complexe hôtelier dénommé Smiroff, et que certains Champérollins sont impliqués, sans en connaître leur identité, toutefois leur origine étrangère de l'Est est manifeste pour certains.

Ils vont aussi explorer les salles d'exposition pour essayer de remarquer quelque chose sur les toiles russes exposées, dont leur ont parlé les services spéciaux, mais aucun indice n'est en vue.

Soudain, en repassant dans une petite salle, à l'écart, l'œil de Gravelle est attiré par cinq toiles représentant pour partie le *Grand Hôtel des Dents du Midi* ainsi que la station à cette époque. Il est aussi étonné de voir certaines toiles, vandalisées par des traces de cutter.

Quelque temps auparavant, les équipes d'inspecteurs retrouvent dans les débris de l'explosion du pont des Troistorrent des résidus de semtex, puissant explosif dont le laboratoire précise l'origine russe.

À Genève, la police maritime suisse est appelée par un pêcheur, qui a trouvé sur les bords du lac une embarcation douteuse éraflée, sans immatriculation. Dans sa cale, il y a vingt kilos de semtex, des écriteaux vierges, de la peinture rouge et un bocal de sang. La police scientifique confirme l'origine russe du semtex et fait le rapprochement avec les attentats de Champéry. Cependant aucune empreinte n'est retrouvée sur le bateau. Tout au plus retrouve-t-on des herbes couchées, des traces de pas et un peu plus loin, sur le chemin qui borde le lac, des traces de pneus plutôt d'un quatre-quatre.

La police maritime prévient les services de renseignements et le commissaire Gravelle et fait passer tout le matériel trouvé aux laboratoires d'investigation.

Ce qui est incompréhensible, c'est d'avoir laissé sur place un tel matériel aussi compromettant. Il a sûrement été difficile pour les terroristes ou les malfrats de finir leur action. Ont-ils été dérangés ?

Une enquête de voisinage permet finalement de comprendre cette fuite. Une bande d'enfants, partis pour aller pêcher sur le lac, sont tombés sur eux. Leur description est assez vague, ils étaient trois, tous en parkas noires et bonnets cachant en partie leur visage. Il y avait parmi eux un gars plus grand au regard bleu acier. Ils ont fait semblant de laisser leur embarcation, sous des airs décontractés, prétendant qu'ils avaient oublié leur jerricane d'essence. Les gamins ont tout de suite remarqué qu'ils avaient un drôle d'accent. Puis quelques minutes après, ils entendirent des véhicules faisant demi-tour un peu plus loin. Il semble avoir compté deux gros quatre-quatre noirs. À aucun moment les individus n'étaient armés ou menaçants, ils disparurent rapidement.

Les cinq toiles trouvées au musée de l'Hermitage sont décrochées de leurs cimaises et rapportées à Champéry, au *Palladium*, pour étude avec des experts et des anciens Champérollins connaissant l'histoire du pays.

Le bourgmestre convoqua aussi les anciens échevins, le curé et le pasteur, les commerçants les plus anciens et certains habitants dont Gaspard et Lucie, la princesse, et la comtesse de Smorny. Tout ce monde est convié à donner son avis, et peut-être ainsi retrouver des indices pour s'orienter sur une piste locale.

Au Grand Paradis, les experts retrouvent les mêmes débris de semtex trouvés à Trois Torrents et sur le bateau à Genève. Ils découvrent, près de l'auberge tenue par l'anglaise, Mrs Smith, un gant de la main gauche, de grande taille, qui fera l'objet d'une analyse ADN.

Mrs Smith est emmenée au *Palladium* pour interrogatoire. Cuisinée par l'inspecteur Afner, elle nie, avec véhémence, toute implication dans ces événements et les traces proches de son auberge. Elle ne voit pas à qui peut appartenir ce gant retrouvé par les enquêteurs. Elle n'aurait rien entendu car se serait couchée vers minuit après avoir terminé son service. Elle n'a remarqué aucun signe particulier de ses convives du service du soir. Il s'agissait de six personnes, trois couples allemands qui étaient venus déguster une raclette sur le coup de 19 h 30 et qui ont dû repartir vers 22 h 30. Elle répète qu'elle a été réveillée en sursaut, vers 2 heures du matin, par l'explosion et n'a pas osé sortir.

Afner insistant, elle signale qu'en fin d'après-midi, deux couples de Français se sont arrêtés pour prendre un chocolat chaud et une tarte aux pommes. Ils semblaient s'être promenés vers le col de Barme et le chemin du Roc, actuellement fermé, ou alors vers la galerie *Defago*. Ils sont repartis vers la télécabine des œufs du Grand Paradis, visiblement pressés. Ils étaient très fébriles face aux événements de la vallée et lui posèrent beaucoup de questions avec insistance, ce qui l'étonna.

Sa description correspond à notre signalement, Afner en prend note, allume une cigarette, le sourire aux lèvres, convaincu d'y trouver une bonne piste. L'anglaise est autorisée à regagner son auberge.

Du côté français, la gendarmerie établit des barrages sur toutes les routes, menant à

Châtel, la chapelle d'Abondance, et Abondance, ainsi que le long du lac Léman.

Un promeneur découvre sur les bords du lac, près du village de Meillerie, une voile de parapente roulée en boule dans un buisson. Les gendarmes français prévenus emportent le parapente, relèvent des empreintes de pas et repèrent des traces de peinture d'embarcation sur une petite cale à proximité. En étroit rapport avec leurs homologues suisses, ils constatent que c'est bien la peinture de l'embarcation retrouvée à Genève.

Pendant ce temps, Jean et moi repartons au chalet épuisés et choqués, il est déjà 11 heures. Nous y trouvons Lucie et la princesse avec nos épouses, toutes excitées, car elles avaient découvert, dans des archives, que pour terminer l'histoire de l'hôtel incendié, les petits-enfants des propriétaires avaient finalement créé *la cantine sur Coux* et quasiment de l'autre côté, sous les dents du Midi, *l'auberge des Rives*. « Chacun pouvant dominer de son côté le village ! » fait remarquer la princesse.

Soizic et Gwenaëlle, dopées par leur vin chaud pris sur le balcon, décident d'aller déjeuner à *la cantine sur Coux*, pour avancer dans leurs recherches.

Après une marche d'une bonne heure, en montant au-dessus du village, au travers de chalets magnifiques, nous admirons la vue imprenable sur la station, faisant face aux dents du Midi. Il est grand temps d'arriver car nous avons l'estomac dans les talons.

L'auberge est nichée sur une petite prairie, où il fait bon déjeuner l'été. De nombreuses tables sont disposées dans la prairie, avec pour salle à manger les dents du Midi. Le bâtiment est d'un bois clair, mais ses balcons contrastent avec un bois plus foncé. Ses volets sont verts et la croix valaisanne trône en évidence, sous le toit. Une épaisseur de neige incroyable donne à ce chalet, au milieu des sapins, un côté irréel.

Nous entrons, sur le côté, dans une petite pièce surchauffée où la buée se jette sur nos lunettes. Une immense cuisinière en fonte noire, sur laquelle mijote un plat de choux farcis, nous taquine l'odorat. La décoration est faite de vieilles paires de skis et de raquettes en bois, accrochées aux murs. Les tables sont recouvertes de nappes blanches étoilées, en harmonie avec les rideaux.

La première pièce étant bondée, la propriétaire, Emma, nous dirige vers une autre pièce plus grande avec un grand poêle en pierre. La cantine de Coux est une référence de la station et déjà beaucoup de monde est attablé, mais l'aimable propriétaire, Emma, nous fait signe de nous installer à côté du poêle. Nous mettons gants et bonnets à sécher et nous nous installons pour déguster ces fameux choux farcis, puis une tarte aux pommes tiède et de la crème.

Étant les derniers à partir, nous en profitons pour interroger la propriétaire. Elle nous apprend qu'elle a repris, il y a bien dix ans, cette auberge, appartenant à son père Albert Keller. Ses grands-parents, les Büscher, avaient auparavant exploité la ferme. Ils étaient parents du curé. Sa mère Letizia est décédée, jeune, d'une tuberculose. Quant à son père, elle ne sait pas depuis ce qu'il est devenu, tout en rougissant, ce qui ne manqua pas de m'interroger.

Le repas terminé, la propriétaire nous pria, sans trop de ménagement, de partir, car elle devait tout remettre en état pour les repas du soir. Un peu étonnés, nous redescendons par des chemins longeant des propriétés somptueuses, lovées dans des champs de neige immaculée. C'est une belle descente de plus d'une heure où l'on domine tout le bourg. Le chou farci nous donne des ailes !

En arrivant au chalet de nos cousins, nous rencontrons, par hasard, la comtesse de Smorny, dont la maison se situe un peu plus bas, sous la route. C'est très rare de la voir. Elle remonte du village où la réunion du bourgmestre, à laquelle elle participait, était terminée.

C'est une adepte de la station. Elle y séjourne régulièrement depuis des décennies. Elle serait issue d'une famille impériale polonaise complètement désargentée. Elle est très casanière et sort peu de son chalet. Elle ne reçoit personne, sauf quelques amis étrangers de passage. Elle porte un chapeau rouge avec une belle plume, son manteau grège a dû voir de nombreux hivers, une écharpe violette complète le personnage, d'un regard dur et au visage ridé comme un pruneau sec.

Elle nous raconte, un peu forcée par notre insistance, la réunion de travail des experts et des locaux sur les toiles provenant de l'Ermitage sans trop s'étendre.

« Finalement ces tableaux auront eu l'utilité de montrer ce qu'était Champéry autrefois et permettront peut-être de mieux comprendre les événements actuels », dit-elle.

Je remarque le visage livide et sévère de la comtesse. Elle paraît ailleurs, ses poings sont serrés. Elle repart dans sa maison, en nous saluant gauchement, comme si quelque chose l'avait embarrassée.

C'est à ce moment que le couchant révèle l'absence de rouge à la quatrième dent du Midi. Quel augure signifie-t-il ?

Nos amis Gaspard et Lucie nous invitent à passer la soirée de ce quatrième jour, chez eux. L'intérieur est typiquement montagnard, avec de nombreuses pièces boisées, de nombreux trophées, des tableaux de la région du Valais et de Montreux. On admire aussi des aquarelles de Lucie, qui est une artiste reconnue. Les fenêtres de bois clair sont rehaussées par des rideaux fleuris, et une immense cheminée crépite, donnant un caractère chaleureux à cette demeure.

Nous voilà à discuter des faits incroyables troublant la quiétude de cette station. Gaspard et Lucie n'ont jamais vécu de tels rebondissements dans ce village, qu'ils habitent depuis plusieurs décennies. Ils sont inquiets, il y a derrière ces événements des passions et des rancunes à approfondir.

Ils racontent à leur tour leur réunion avec le bourgmestre, le commissaire et les anciens du village, dont la princesse et la comtesse de Smorny, à propos des cinq tableaux retrouvés à l'Hermitage.

Les deux premiers montrent un immense établissement, à flanc de montagne, construit dans les années 1857, de style Belle Époque.

— Sur le premier tableau, l'hôtel s'impose majestueux, fait de quatre étages, coiffé de trois toits trapézoïdaux. Il y a au moins une vingtaine de fenêtres sur chaque étage. Les volets sont vert sapin et les murs de couleur beige, des stores orange, ponctuent la façade. En contrebas, il y a son annexe, qui deviendra l'hôtel national *Resort & Spa*. En arrière, on aperçoit d'autres immenses chalets, qui bordent la rue principale. En toile de fond, les dents Blanches, sur le côté ouest, et les dents du Midi enneigées au sud. Mais, ce que fait remarquer la princesse, aux policiers, c'est une rayure en X du Grand Hôtel, faite avec, vraisemblablement, un objet métallique. Curieusement la comtesse de Smorny, sollicitée, ne fit aucun cas de cette marque.

— Sur le deuxième tableau, le peintre local a su donner une belle perspective, avec dans le prolongement, le calvaire de Chavalet. Curieusement, celui-ci paraît très rouge, et on voit bien le rajout de couleur que la comtesse ignore, contrairement aux autres experts et anciens, qui s'interrogent sur cette retouche, dans le contexte actuel. Ne serait-ce pas un indice ?

— Sur les troisième et quatrième tableaux, on voit représentées, dans la journée et au couchant, les dents du Midi, avec des couleurs resplendissantes. Le quatrième tableau montre particulièrement cet aspect flamboyant des dents au couchant, mais l'artiste inconnu les a représentées bizarrement avec des changements de teinte lorsqu'on se déplace. Nos experts, et particulièrement les anciens du village, y voient une similitude avec la disparition, chaque soir depuis quelques jours, d'une des dents. Cette coïncidence les perturbe, sans pour autant toucher la comtesse.

— Le cinquième tableau représente le cœur du village, avec dans la grande rue ses chalets aux grandes toitures pentues si pittoresques. L'artiste a représenté la maison du bourgmestre, avec son balcon arrondi, les petites ruelles perpendiculaires descendant vers le bas de la station. Elles sont si étroites que les toits se touchent. On remarque de petites maisons charmantes, au bois noirci, rehaussées de balcons de géranium l'été. C'est curieusement à l'emplacement même du projet de construction Smiroff. Avec stupéfaction, on retrouve le même type de rayure du tableau. Chacun y voit un signe, contrairement à la comtesse. Les anciens évoquent la destruction du *Grand Hôtel,* qui s'était pourtant adapté en *Grand Hôtel Pension*, lors de l'arrivée du train, pour attirer une clientèle étrangère en 1908. Ils se rappellent le désarroi de l'ancien propriétaire, Lucas Müller.

Tous sont sidérés par les informations apportées. Qui a pu ainsi marquer ces toiles, comme des signes prémonitoires des événements de ces derniers jours ? On a l'impression qu'ils ont été marqués pour nous faire comprendre le caractère prémédité des actes comme une vengeance.

Il est aussi curieux que chacun des anciens soit horrifié, sauf la comtesse de Smorny, qui n'y voyait pas autant de similitudes.

Cette réunion terminée, nos amis Gaspard et Lucie, et la princesse, nous précisent qu'ils restèrent, à la demande du commissaire, pour les informer de leurs avancements.

Gravelle les fait asseoir dans son bureau et, tout en bourrant sa pipe en écume puis l'allumant avec un certain nombre de bouffées, les tient en haleine.

« Avant toute chose, j'aimerais avoir votre avis sur cette comtesse. »

« La princesse et nos amis répondent spontanément qu'ils ne la fréquentent pas. Elle est très secrète. On ne sait pas trop quand elle s'est établie dans la station. Elle connaît tout le monde, dont le bourgmestre, mais il n'y a pas vraiment de liens établis avec les uns et les autres, tant elle est casanière. Elle semble s'absenter souvent, particulièrement ces derniers mois. C'est une personne assez mystérieuse et peu attachante. Quant à son analyse sur les tableaux, cela les a assez perturbés. »

« Je n'en attendais pas moins de vous ! » rétorque le commissaire.

Il leur apprend que suite à leur enquête :

Le ou les terroristes seraient venus en motoneige depuis Morgins. Une motoneige des services de l'équipement ayant disparu. Le malfrat a dû traverser de nuit tout le plateau de Crozet et Planachaux, puis descendre la piste du Grand Paradis, venir détruire le télésiège, mettre le panneau en inscription cyrillique et souiller la croix. Son forfait terminé, il remonte sur le trajet d'aller, à savoir : la piste du Grand Paradis, le pied du mur des Suisses, le Crozet, jusqu'à Châtel, où on retrouve la motoneige abandonnée. Là, au vu des découvertes des enquêteurs, on déduit qu'il descend en parapente, au petit matin, sur le bord français du lac Léman, au lieu-dit Meillerie.

« C'est un sacré périple quasiment impossible à réaliser. C'est dire que cette personne est sacrément connaisseuse des lieux et particulièrement sportive ! » s'exclame Gaspard.

Le commissaire reprend :

« Ce n'est pas fini ! Des complices les attendent avec un bateau à moteur pour s'éclipser en Suisse près de Genève. Le lac devait être agité car on a retrouvé les mêmes traces de peinture sur le petit embarcadère de Meillerie que sur le bateau. On retrouve leur embarcation sur une berge, à proximité de Genève. Ils ont sûrement été dérangés, car ils n'ont pas eu le temps de vider le bateau plein d'explosifs, de peinture et un bocal de sang. D'après de jeunes enfants témoins, ils se sont enfuis dans de grosses voitures noires qui les attendaient. »

Gaspard constate :

« Pour les trois forfaits, les terroristes devaient déjà être sur place et se terrer dans un endroit tout proche, voire au cœur de la station. »

« Ce qui est sûr, reprend Gravelle, c'est que quelqu'un ou plusieurs personnes parmi eux connaissent parfaitement le village et son histoire et je pense même qu'ils doivent y vivre. »

« Oui, vous avez raison, constate la princesse, mais à qui pensez-vous ? »

Arthus Gravelle révèle :

« On recherche assidûment Albert Müller, le fils de Lucas Müller, l'ancien propriétaire du Grand Hôtel des Dents Midi décédé il y a une vingtaine d'années. Il avait été propriétaire de la cantine de Coux puis avait disparu. Après son altercation avec le bourgmestre, Théophile Übner et la construction du Palladium. »

« Oui, je me souviens de cette histoire », reprend Lucie.

Gravelle continue :

« Il aurait été vu dans le village, lors de la procession, avec un imposant gaillard barbu, coiffé d'une chapka, plutôt d'allure russe. »

« Mais oui, maintenant que vous le dites, j'ai aperçu ces deux personnes lors de notre procession ! » s'exclame la princesse.

« Mais, reprend Gravelle, cela n'explique pas tout, il y a assurément derrière une puissance étrangère en cause, et ce pour quelle raison ? »

Arthus Gravelle les assure que le dénouement de cette affaire est proche et leur demande une extrême discrétion.

Et vous, lecteur, quel est votre sentiment, pensez-vous à une histoire d'espionnage ou alors de vengeance ?

Un peu plus tard, le commissaire, Soizic, Gwenaëlle, Jean et moi-même continuons cette soirée avec un merveilleux dîner valaisan, agrémenté d'un « Humagne rouge » 2019, chez Gaspard et Lucie.

Ils nous montrent des gravures de Champéry, des années 1900 à nos jours, ainsi que toutes les festivités de cette station. L'été, la station est pimpante, avec ses chalets fleuris. De nombreuses balades sont proposées sur tous les versants aboutissant à certains lacs de montagne, dont le lac Vert et le lac d'Émosson.

« On comprend la facilité de communiquer avec la France ! » remarque Arthus Gravelle.

Après quelques plats de charcuterie valaisanne, Lucie nous a préparé un dessert typique : le Sii, fait de fines couches de pain de seigle, de vin blanc (un Dôle du Valais), de sirop de sureau, de raisins secs, de beurre et de crème fouettée, servi dans des coupes.

« C'est un vrai régal ! » s'exclame Arthus Gravelle, la moustache recouverte de crème. Chacun abonde dans son sens.

Hélas, l'heure du couvre-feu est arrivée. En quelques minutes, sous une neige abondante, le commissaire regagne son QG, après avoir remercié ses hôtes. Nous rentrons chez Jean et Gwenaëlle, en espérant que la nuit sera calme.

Ce qu'ils ne savent pas encore, c'est qu'au petit matin on a retrouvé le corps du notaire Ambrosius Ziegler, au bord du lac sur les berges de Lausanne. On dit que c'est un passant qui l'a découvert, inanimé ; alors qu'il se rendait à son travail de nuit. Il précise qu'il venait d'entendre 2 heures au beffroi, par le préposé aux heures, et qu'il a croisé un homme de grande taille, portant un manteau et un chapeau peu reconnaissable, si ce n'est un regard bleu perçant. Il partait rapidement sur une bicyclette.

La police de Lausanne, dont l'inspecteur Afner, arrivé sur les lieux, reconnaît le notaire. Il met en place une zone de sécurité sur les lieux du crime. Le commissaire Gravelle est appelé en pleine nuit par ses collègues de Lausanne, et demande que toutes les recherches d'indices soient faites.

Parallèlement, la disparition de Lucas Steiner est toujours aussi mystérieuse. Une enquête de voisinage apprend que l'individu vivait seul mais avait régulièrement des visites d'une jeune femme.

À son domicile, une perquisition, par des inspecteurs, montre, cachée au fond d'une dépendance, sous un tas de bois, la présence de pots de peinture rouge, un bocal de sang et des pinceaux. Des chiens renifleurs détectent des traces d'explosifs au fond de la cave. L'enquête est transmise à la sûreté suisse. Le directeur Gardner, lance un mandat d'arrêt international.

L'étude du passé de l'individu, connu de l'inspecteur Afner, constate que Steiner a passé son enfance difficile dans le Val D'Illiez, dans une famille de paysans pauvres. Puis on découvre ses affectations militaires, notamment comme garde suisse au Vatican. On apprend son limogeage, cinq ans après, de manière très discrète par les services spéciaux du Pape, compte tenu d'une certaine implication dans une affaire de financement occulte avec une comtesse polonaise mariée à un diplomate.

Enfin, l'individu est revenu dans la région, après quelques années d'errance comme étudiant à Lausanne, où il côtoya des étudiants de milieu d'extrême gauche. Il n'a jamais été mis en évidence de contact avec des services étrangers.

Passionné de ski, il se fait nommer moniteur, puis chef de la station de Morgins, où il excelle. Puis il est proposé au bourgmestre, pour être directeur de la station de Champéry. Jusque-là, il dirige la station avec passion. Ses rapports avec les équipes de pisteurs, moniteurs et la municipalité sont tout à fait normaux. On note, dans son emploi du temps, des rendez-vous curieux à Lausanne, Genève, Vevey et Martigny, sans trouver plus à dire, d'après Afner.

Le commissaire Gravelle traverse le village sous une épaisse neige et regagne son QG au *Palladium* pour faire le point avec ses collaborateurs totalement désemparés. Sur un grand panneau il refait l'historique des cinq derniers jours. Il constate quatre problèmes :

— « *Primo*, à chaque forfait, une profanation de croix est faite : s'agit-il d'un déséquilibré, ou d'une signification plus ancienne, avec les rivalités religieuses connues du bas (le Val D'Illiez) et du haut (Champéry) ? »

L'inspecteur Afner suggère d'approfondir les recherches avec le curé, le père Büscher et son évêque.

— « *Deuxio*, les forfaits ou attentats sont de plus en plus meurtriers, visant la commune de Champéry et cherchant à complètement l'isoler et détruire ses infrastructures de station de ski. Dans quel but ?

Il y a plusieurs personnes impliquées, qui connaissaient parfaitement bien la station et le village. »

Un enquêteur s'interroge sur « cette personne qui a marqué les tableaux de l'Hermitage comme pour annoncer une vengeance. Ce ne peut être que des locaux ! ».

L'inspecteur Afner n'est pas convaincu de cette conclusion.

— « *Tertio*, les panneaux écrits en cyrillique orientent à chaque fois vers une vengeance personnelle vis-à-vis de la station, mais pourquoi en russe ? L'intervention d'un pays, comme la Russie, n'est pas anodine, d'autant qu'il y a eu des précédents, avec les anciens directeurs du Grand Hôtel des Dents du Midi : Dimitri Müller et la comtesse Elena Polinski.

Curieusement Afner estime qu'il n'est pas certain de devoir creuser dans ces familles, bien que chaque génération, finalement, se distingue dans des affaires immobilières douteuses. Il ne voit pas non plus d'implications dans le domaine de l'espionnage, mais pense plus à un moyen de nous égarer.

La pipe en écume devient une vraie chaudière et notre commissaire est en ébullition. Il ne partage guère les propos de son inspecteur. Un silence pesant règne dans le bureau. Personne n'ose interrompre ses réflexions et chacun réfléchit.

L'inspecteur Afner, la cigarette aux lèvres, fait aussi le point dans son coin tout aussi perplexe.

— « Enfin *quarto* :

° Pourquoi Lucas Steiner a-t-il disparu ? Est-il impliqué dans cette affaire ou une victime ?

° Qui sont les deux personnes qui ont ligoté Mattéo et sa femme ? On parle d'une femme au foulard rouge et à l'accent étranger et d'un grand gaillard au bonnet rouge.

° Qui sont le ou plutôt les deux personnes dont les traces ont été repérées au Grand Paradis ?

° Qui est l'homme qui s'est enfui dans la nuit en motoneige, connaissant parfaitement la station, avec une course rocambolesque pour fuir *via* la France par Châtel et revenir à Genève en bateau ?

° Enfin, un témoin fait la description d'un homme, peu après avoir découvert au bord du lac, le corps d'Ambrosius Ziegler. Et ce pauvre notaire décrit le même personnage, lors de son entrevue à Vevey.

° Toutes ces coïncidences orientent vers la personne de Lucas Steiner. »

Gravelle fait lancer un mandat d'arrêt contre ce personnage clef.

Afner résume l'interrogatoire de Mrs Smith, qui n'a abouti à rien si ce n'est ce couple de promeneurs de l'après-midi plutôt suspects, sur lesquels il s'est mis en chasse. Il est sur le point de les confondre.

Le commissaire reprend :

« Existe-t-il un lien entre tous ces faits ? Si oui, quels en sont les véritables motifs ? Ce qui nous orienterait vers les commanditaires. »

Il a bien déjà une idée.

Qu'en pensez-vous, cher lecteur ?

À Genève, les services secrets suisses et français, certains d'une implication étrangère, passent au peigne fin des conversations téléphoniques et des bornages sont réalisés pour repérer les agissements des terroristes. Ce travail de fourmi est souvent payant ou du moins permet de se rapprocher des auteurs de ces crimes.

Nos amis enquêteurs décident d'aller se coucher. Ils ne se doutent pas que dans quelques minutes, ils seront réveillés en sursaut !

SAMEDI

Vers 2 heures du matin, de nouveau un cri rauque traverse la station. À demi ensommeillés, nous nous levons tous pour assister du balcon à un embrasement de la croix au-dessus de la *cantine de Rives*, et tout le long de la galerie *Défago*, des torchères s'illuminent face à nous. C'était à la fois féerique et inquiétant, on avait l'impression que toute cette falaise, sous les dents du Midi, était un brasier. Brutalement en écho, le clocher baroque de l'église prend feu. Ses huit cloches, sonnent le glas, réveillant l'ensemble de la station. De nouveau, une catastrophe épouvantable vient d'être perpétrée.

Bien que tous nos regards soient attirés par ces horreurs, je remarque, en contrebas du chalet, au niveau de la propriété de la comtesse, juste en dessous de la route, une ombre se faufilant dans la neige, puis, pénétrant par la porte de derrière, la maison, avec empressement.

Tout le monde s'habille en hâte pour aider les pompiers à circonscrire le feu et sauver ce qui peut l'être de l'église. Sur le portail, est cloué un écriteau en lettres cyrilliques rouges et du sang recouvre le calvaire. Heureusement le clocher a la particularité d'être séparé de l'église. Le lanterneau en forme de couronne est hélas quasi détruit. Le feu est rapidement circonscrit sur le toit de l'église. Toute la population, révoltée, est rassemblée autour du bourgmestre, du curé et même du pasteur, laissant les pompiers faire leur travail. L'inspecteur Afner, arrivé sur les lieux, décroche l'écriteau pour le faire analyser au plus vite.

Le jour se lève, triste avec un brouillard glaçant, une fumée âcre traverse le village, donnant à ces lieux un aspect sinistre.

Tout le monde regagne son domicile dépité. Le commissaire Gravelle dans son QG se fait traduire le cinquième écriteau : « Tu regretteras le complexe Smiroff. Vengeance ! »

L'inspecteur et les services secrets ont remarqué que de nombreux appels téléphoniques bornaient du musée de l'Hermitage à Lausanne, de Vevey, de Genève *via* l'ambassade russe et convergeaient tous vers le haut de la station, près du chalet de nos cousins.

En remontant, pour en avoir le cœur net, je passe sur le chemin, sous la route. Je contourne le chalet de la comtesse et y découvre des traces de pas à l'arrière, avec, par terre, un gant droit de grande taille, auquel je ne touche pas. La maison de la comtesse est tout éteinte et semble abandonnée.

J'en parle à Jean, qui a toujours connu cette maison triste, à peine ouverte. À son tour, il me décrit l'intéressée :

« On croise très peu la comtesse qui s'absente souvent. Elle est ici depuis de nombreuses années sans pour autant dire combien de temps. Elle a toujours un aspect sévère, secrète, elle se mêle peu à la population mais tout le monde la connaît car elle fait partie “des murs de Champéry”. Les gens la respectent, et même le bourgmestre lui accorde sa protection. Parfois il la consulte pour lui demander un avis sur tel ou tel projet concernant la station. »

La police se met à interroger tous les habitants du secteur haut de la station. Et nous voilà devenus des suspects, ainsi que nos amis Gaspard et Lucie et même la princesse et la comtesse de Smorny.

Le commissaire Gravelle n’a plus son air aimable et l’inspecteur Afner nous déleste de nos téléphones portables, ordinateurs, et nous sommes astreints à résidence, le temps d’avancer dans l’enquête. Nos passeports sont confisqués. Stupéfaits, nous sommes prisonniers et suspects de ces forfaitures. L’exploitation de nos ordinateurs n’arrange pas nos affaires, sachant que nous avions exploré des sites, pour essayer de traduire les caractères cyrilliques, et aussi nous renseigner sur le devenir du *Grand Hôtel des Dents du Midi.*

Une perquisition, en règle, est effectuée au domicile de nos cousins et chez nos amis par Afner, malgré de vives protestations.

Puis, les menottes aux mains, nous sommes transférés au Palladium pour y être soumis à un interrogatoire séparément. Chacun se voit enfermé dans une petite salle obscure, menotté, on nous fait asseoir sur de simples chaises devant un petit bureau en métal où des inspecteurs de l'équipe d'Afner nous assaillent de questions.

« Que faisions-nous dans cette station ?

Comment se fait-il que nous soyons sur les lieux du crime à chaque fois ?

Quel était notre emploi du temps sur ces quatre derniers jours ? »

Impossible, bien sûr, de communiquer entre nous. Les inspecteurs se déchaînent, lorsque chacun leur apprend notre promenade, la veille, au Grand Paradis. Le rapport de Mrs Smith nous accable encore plus. Ils essaient de croiser nos dires, afin de nous confondre, mais chacun dit la même version des faits.

Afner est convaincu que nous sommes tous de mèche et que notre implication dans ces attentats est certaine ; mais il ne trouve aucun mobile.

La comtesse de Smorny choquée se mure dans un silence, et finalement Afner décide de la laisser rentrer chez elle. Il ne prend même pas la précaution de faire une perquisition.

La princesse est elle aussi immédiatement relâchée. Compte tenu de sa notoriété dans le village, elle est au-dessus de tout soupçon. Elle signale toutefois avoir vu la nuit dernière, de son balcon, un individu corpulent, rôdant vers la maison de la comtesse.

Nous insistons sur notre innocence vis-à-vis des faits qui se sont produits, et affirmons même avoir aidé la police.

Les services secrets à leur tour nous interrogent.

Ils veulent savoir pourquoi chacun d'entre nous vient depuis plusieurs années, et comment certains sont devenus propriétaires.

S'adressant à Gaspard et Lucie, il leur demande :

« Depuis quand êtes-vous propriétaires ? Qui vous a conduits à cette station ? »

Lucie lui apprend qu'elle est suisse et qu'elle est née dans ce village.

Ne désarmant pas, il nous pose alors plein de questions :

« Pourquoi allions-nous régulièrement au musée de l'Hermitage et aussi à Vevey et Martigny ?

Outre les manifestations artistiques qui s'y déroulent, n'était-ce pas un prétexte pour y rencontrer des gens, dont le notaire Ambrosius ou d'autres personnages étrangers ?

Quels rapports avons-nous avec l'ambassade de Russie ? »

Afner, cigarette sur cigarette, ne tarit pas de questions, avec un ton de plus en plus menaçant.

Bien sûr, tous nos comptes bancaires sont épluchés, ainsi que notre passé. L'inspecteur Afner signifie notre garde à vue, le commissaire acquiesce malgré lui.

Dans cette situation cauchemardesque, nous nous sentons pris au piège, interdits et accablés.

On nous apporte en fin de matinée un repas insipide, le vin chaud n'est plus d'actualité. Chacun rumine les événements passés et pourquoi les autorités nous considèrent être impliqués.

Les interrogatoires reprennent dans l'après-midi sur nos déplacements, nos éventuels repérages.

« Qu'allions-nous faire aux sources chaudes proches des Troistorrent ?

Quel était notre itinéraire de descentes de ski lorsque, le mardi, nous étions sur les pistes du Crozet, puis Morgins ?

N'avions-nous pas rencontré des complices pour préparer notre évasion ? »

Afner, très menaçant, nous demande pourquoi étions-nous, la veille de l'attentat, au Grand Paradis.

« N'était-ce pas du repérage, comme le laissait suggérer le témoignage de Mrs Smith, qui aurait noté notre attitude suspecte ?

Et pourquoi étions-nous rapidement sur place après l'attentat du Grand Paradis ? »

L'inspecteur trouve aussi suspectes nos découvertes, à chaque fois des écriteaux en cyrillique, et nos recherches sur Internet. N'avons-nous pas été à l'origine de ces tableaux pour créer une diversion ?

On nous soupçonne même d'avoir attaqué et bâillonné, à son domicile, l'employé municipal Mattéo. Afner nous suspecte aussi d'être à l'origine du meurtre du notaire Ambrosius Ziegler, pour cacher à la police nos appartenances à un réseau. Finalement nous voilà accusés de toutes ces forfaitures. Nos alibis sont balayés.

L'inspecteur Afner souhaite nous déférer à un juge au plus vite. Le commissaire, dépité mais perplexe, est prêt à nous transférer à Lausanne ou Genève devant un juge.

Nous sommes déconcertés, et nos épouses sont dans un état épouvantable. Nous voilà enfermés dans un piège inextricable !

Le commissaire repart, en début d'après-midi, à Lausanne et Vevey pour en savoir plus sur le décès du notaire. Il cherche à voir si un lien pourrait exister avec Lucas Steiner, le témoin du petit matin ayant fait une description assez évocatrice.

Il se déplace ensuite aussi à Genève, pour interroger les enfants qui ont croisé ce groupe d'individus, quittant leur bateau, sur les berges du Léman. Là encore, la description d'un homme grand et baraqué, au regard d'acier est faite. Pas de doute, c'est le même homme et cet homme c'est Steiner, ce scélérat.

Et maintenant où est-il passé ?

Une chasse à l'homme est organisée par les services spéciaux, avec diffusion de son portrait. Tout Vevey est passé au peigne fin, y compris dans le musée Chaplin.

Ce fameux musée montre toutes les scènes mythiques des films de Charlot avec des personnages en cire, saisissant de vérité, à tel point qu'on les croirait vrais. La maison, où vécurent Charlot et ses enfants, domine Vevey dans un parc arboré entouré de vignes.

Mais aucune trace de l'intéressé.

Une autre équipe, fouillant dans le passé de Steiner, s'oriente au Val D'Illiez. Ils apprennent que ses parents sont décédés peu de temps après leur expropriation pour la construction de la nouvelle route. Leur disparition fut tragique, ils ont été retrouvés tous deux au fond de la rivière, on avait conclu à un suicide. Leur fils unique, Lucas, était, à l'époque, garde suisse au Vatican. Des voisins ont pu le prévenir. Puis leur maison fut vendue.

Bon nombre de gens connaissaient Lucas Steiner, à Morgins, où il avait parfaitement réussi, comme responsable de la station et étaient fiers qu'il devienne le directeur de la station de Champéry.

Quoi qu'il en soit, l'individu n'a eu aucun contact, ces derniers jours, avec les habitants et rien n'évoque sa présence ici.

Le commissaire, furieux de la mort du notaire Ambrosius Ziegler, essaie de comprendre les circonstances. Il semble qu'il ait pu échapper à la surveillance des inspecteurs, en prétextant un besoin naturel, pour s'éclipser par une porte dérobée du musée, qu'il connaissait comme sa poche.

Au dehors, il se rendit à Vevey à la demande de Lucas Steiner, qui lui donna rendez-vous sur les berges du lac, pour relater, en toute discrétion, son interrogatoire. Mais les réponses ne furent pas satisfaisantes. Steiner avait ordre, par la comtesse, de l'éliminer, si le risque de remonter à elle devenait trop important, ce qui était le cas. Steiner accomplit son forfait, en noyant le notaire dans le lac.

Son équipe d'enquêteurs reprit le dossier du notaire :

— Il avait eu une très belle étude à Martigny, donnant sur la grande place bordée de platanes. Discrètement placé dans cette vallée de Sion, dans cette petite ville de vingt mille habitants. (Habitant Tours, le nom de cette ville faisant référence à Saint-Martin m'amuse.)

La ville est très cosmopolite du fait des différents musées. Son emplacement est aussi à la croisée des routes. Ainsi, il pouvait aller à Verbier ou en France, par le col du Grand-Saint-Bernard, ou en Italie, par le col du Simplon, lui permettant, comme beaucoup d'opportunistes, de faire de nombreuses affaires en particulier immobilières.

Au fond de cette vallée creusée par la Dranse, un affluent du Rhône, notre notaire dirigeait d'importants projets immobiliers surtout dans la plus huppée des stations suisses, le Verbier.

Cette station, véritable Monaco des neiges, regorge de célébrités avec un domaine skiable immense très prisé. Des immeubles-chalets somptueux ont ainsi pu être érigés, grâce à des financements assez occultes dont beaucoup provenaient de l'IOR, la banque vaticane.

— Ambrosius Ziegler se rendait régulièrement à Rome pour voir un certain Monsignore. Ces entrevues étaient facilitées par Lucas Steiner, qui avait la charge de surveiller cet édifice. Ainsi, de nombreuses tractations purent avoir lieu en secret, ne concernant pas seulement les achats de terrains et les constructions plus ou moins licites. Un trafic d'armes et de stupéfiants, en relation avec la mafia, était bien organisé.

Les services spéciaux suisses découvrirent ainsi que le trafic entre l'Italie, la France et la

Suisse, à la croisée justement de ces routes, était facile. Mais il semble que le notaire ait eu les mains liées par les services secrets russes pour s'approprier ce commerce et une guerre d'influence aboutit à la ruine du notaire, qui dès lors vivait chichement. Quelle aubaine, quand à nouveau la comtesse de Smorny lui fit miroiter de nouveaux projets. Il tomba ainsi, par ce biais, à nouveau dans les griffes des services russes, sans réellement comprendre. Il était aussi surveillé étroitement par la Suisse et l'Italie.

En fin d'après-midi, le couchant sur les dents du Midi est absent, aucune d'entre elles ne s'illumine, pourtant le ciel n'était pas nuageux. Les gens du village s'inquiètent. Est-ce encore un signe prémonitoire de catastrophe ?

Les autorités décident d'augmenter leur vigilance et demandent à l'armée de faire des rondes.

Une atmosphère de guerre traverse cette station, si paisible antérieurement.

Le commissaire Gravelle, revenu de la vallée, est alors rempli de doutes, nos téléphones et ordinateurs ne lui apprennent pas grand-chose. Car finalement on voit bien qu'il s'agit de simples recherches récentes, ayant eu lieu après les faits. Toutefois, il reste encore des interrogations sur nos emplois du temps et certains indices nous font encore suspecter.

L'inspecteur Afner insiste sur notre culpabilité, ne démordant pas que nous sommes venus à Champéry pour y perpétrer ces actions terroristes, d'autant que certains d'entre nous résident à la station depuis plusieurs années, et connaissent parfaitement celle-ci. Il se demande même si nous ne sommes pas des complices de Steiner, ce qui expliquerait nos agissements suspects.

La nuit se passe au Palladium, sur des lits picots de l'armée, installés dans nos pièces d'interrogatoire sinistres, faisant office de cellules. La nuit fut blanche. Impossible de prévenir nos avocats ou un responsable de l'ambassade de France, pour nous aider à sortir de cette situation ubuesque.

Nos épouses sont terrifiées et ne font que crier leur innocence. Nous gardons nos vêtements chauds sur nous, car les cellules ne sont pas chauffées, accentuant le malaise et l'inconfort, comme pour nous faire craquer et avouer tous ces crimes.

Le Palladium est devenu notre prison et on se souviendra de cette soirée du samedi soir enfermés, suspectés, pestiférés ! Ces vacances deviennent un vrai cauchemar !

Pendant ce temps, une ombre se détache du chalet de la comtesse puis se dirige, un bidon à la main, par une petite ruelle pentue, au cœur du village. Aucune sentinelle ne remarque rien, car il fait nuit noire et il neige abondamment.

Cette nuit encore est déchirée par un cri plaintif et la maison du bourgmestre est en feu.

Les secours arrivent rapidement et mettent en place leurs lances à incendie, mais il est trop tard, tout le bâtiment est ravagé par les flammes sur différents foyers et ses habitants, pris au piège durant leur sommeil, sont décimés.

Au pied est retrouvée, par les pompiers, une pancarte écrite en cyrillique rouge. Les pompiers épuisés se battent pour éviter la propagation aux maisons adjacentes en bois, dès lors toute la grande rue serait menacée. Des flammèches s'envolent au gré des bourrasques de vent, faisant craindre d'autres foyers d'incendie. Mais avec le froid, l'eau, projetée par les lances, a tendance à geler, transformant la grande rue en patinoire, et rendant difficile le travail des sapeurs. Durant plusieurs heures, le combat fut critique. Les toits des maisons se couvrirent de stalactites parfois menaçantes.

La population est repoussée pour éviter tout autre accident. On fait appel à des soldats pour maintenir la foule de badauds et surtout faire évacuer les maisons avoisinantes, qui risquent de s'embraser. La tension augmente quand la maison voisine de la maison communale s'enflamme à son tour. Les lances suffisent tout juste à circonscrire le sinistre.

Le conseil cantonal regarde impuissant l'évolution du feu et est désemparé devant le décès de son bourgmestre et sa famille.

Les questions vont bon train :

Comment cet incendie a-t-il pu évoluer si vite et quelle en est la cause ? Il y a eu assez d'événements graves, cette semaine, pour se poser la question d'un nouvel acte criminel !

Qui pourrait être à l'origine de cette tragédie ?

Comment se fait-il qu'aucun des policiers de garde dans le village n'ait rien vu ou entendu ?

Un sentiment de colère et d'impuissance traverse la population. Avoir attenté à leur bourgmestre est intolérable !

Une odeur épouvantable de brûlé envahit le village. Dans les ruines fumantes, des investigations sont lancées pour rechercher la cause de l'incendie.

Pour certains anciens Champérollins, cette situation n'est pas sans rappeler celle en 1910, où le Grand Hôtel des Dents du Midi prit feu, dans des circonstances étranges et où leurs propriétaires périrent eux aussi.

Un sentiment d'inquiétude traverse les esprits. Bientôt un vent de panique s'installe !

N'y aurait-il pas une similitude ?

Quel est votre avis, cher lecteur ?

DIMANCHE

Le commissaire Gravelle, couchant à l'hôtel *Beau Séjour*, est aussitôt réveillé, dans la nuit, par son adjoint, l'inspecteur Afner. Quittant sa chemise de nuit, il saute dans son costume et son manteau et se rend sur les lieux tout essoufflé. Les services d'enquête incendie montrent qu'il s'agit d'un geste volontaire, avec plusieurs foyers de départ et des traces à chaque fois d'hydrocarbure.

Un policier remarque des pas remontant sur une petite ruelle encore enneigée, en direction de la route de la *cantine sur Coux*. Il donne l'alarme et tout un peloton de gendarmes remontent en motoneige sur cette voie. À quelques mètres, dans cette direction, un bidon d'essence est retrouvé vide. Des traces de pas continuent sur la petite route qui mène à Coux.

À la cantine, ils retrouvent, malgré la neige tombant dru, des traces de ski en direction du Val D'Illiez, au travers des mélèzes. Aussitôt, par radio, tous les villages alentour sont barrés par des forces armées.

La propriétaire de la cantine, Emma, subit un interrogatoire musclé et finit par craquer. C'est son ancien propriétaire, Albert Müller, qui lui a demandé de garer sa motoneige chez elle car, à ses dires, il avait à faire au village. Elle cria, haut et fort, qu'elle n'était pas la complice de cet individu. Mais les policiers trouvèrent chez elle des papiers, qui montraient qu'elle était en fait la fille d'Albert Müller, sous le faux nom d'Albert Keller !

Son père, a été ouvrier agricole chez ses grands-parents, les Büscher, qui transformèrent la ferme en cantine, qu'elle exploite maintenant. Certes elle protégea son père, mais ne savait rien de son passé, ni de ses intentions. Les policiers découvrirent aussi, dans une petite boîte en fer, cachée dans une cheminée à l'étage, des lettres d'amour entre Emma et Lucas Steiner.

Là encore, elle se défendit de savoir le passé de son ami et ses intentions. Ils s'étaient rencontrés lors des fêtes de printemps à Champéry il y a deux ans. Ils cachèrent leur amour passionné durant des mois. Depuis qu'elle était seule à la cantine, ils vivaient ensemble à l'étage. Depuis quelque temps, son amant avait changé. Il était plus anxieux et tendu. Oui, il s'absentait à plusieurs reprises, même la nuit. Mais elle n'osait pas le questionner, s'effondrant en larmes. Elle ne connaissait pas tout son passé, Steiner ayant surtout évoqué ses origines d'Illiez, son travail de moniteur à Morgins, puis comme chef de station à Champéry. Depuis deux jours, il avait disparu et elle ne savait pas où il était.

Le commissaire, convaincu d'une méprise à notre égard, procède immédiatement à notre libération et nous rend, un peu penaud, nos téléphones portables, nos ordinateurs et nos papiers. Il s'excuse de cette interpellation et de notre séquestration à tort. Mais, explique-t-il, plusieurs indices convergents nous faisaient passer comme suspects. L'inspecteur Afner n'est pas de son avis et garde un œil sur nous.

Sur le sixième écriteau, on déchiffre : « Te voilà enfin puni. »

Gaspard et Lucie, ayant appris la nouvelle et le décès atroce de leurs amis Übner dans l'incendie criminel, se rendent, avec la princesse, sur les lieux, incrédules. Ils ne peuvent retenir leur chagrin, que nous essayons de soutenir.

C'est en remontant au chalet de nos cousins, que je suis percuté par la vision de ce gant et des traces de pas derrière le chalet de la comtesse. Rebroussant chemin, j'appelle le commissaire. Ce dernier corroborant mon témoignage à celui de la princesse part avec une dizaine de policiers, sans en référer à Afner.

Ils vont sonner chez la comtesse et faire le tour du bâtiment. Des traces de grands pas sont bien visibles, se terminant près de la porte arrière, et le gant n'est plus là. Personne ne répond à l'appel des policiers, qui enfoncent la porte arrière et tombent dans une remise. À l'aide de torches ils constatent, sous une bâche, la présence de détonateurs et de pains de semtex, des seaux de peinture rouge et des panneaux de bois.

Ils montent à l'étage supérieur, arme à la main, ouvrent la porte d'entrée puis, après inspection de toutes les pièces, constatent qu'il n'y a personne. Une odeur de tabac plane dans le salon et dans un cendrier on retrouve une cigarette de marque Winston aux trois quarts consumée.

La maison est passée au peigne fin pour trouver d'autres indices. On retrouve ainsi un téléphone portable, dont les enquêteurs avaient fait le bornage et qui avait conduit, vu la proximité des chalets, à notre interrogatoire et notre arrestation.

Le commissaire reste inquiet : qu'est-il advenu de la comtesse ?

Une enquête de voisinage ne rapporte rien, personne ne l'a vu quitter son domicile. Dans le bureau on retrouve un certain nombre de papiers concernant le projet Smiroff, mais aussi d'autres documents concernant l'époque du *Grand Hôtel des Dents du Midi*, et le projet d'acquisition du *Palladium*. Les enquêteurs emportèrent tout cela pour examiner les faits.

Au même instant à Genève, une vieille femme, aux vêtements élimés et portant un chapeau rouge avec une plume et un foulard violet, se présente à l'ambassade de Russie sur les bords du lac Léman, où elle est immédiatement introduite.

Les services secrets découvrent que la comtesse de Smorny actuelle était en fait russe, et non pas polonaise, comme elle l'avait toujours fait savoir.

De plus, alors que l'on croyait sa famille en faillite, des recherches ont permis de découvrir, au contraire, une famille à l'origine d'un consortium, visant à s'introduire en Suisse, dès le XIXe siècle.

Des notes, retrouvées dans sa propriété, permettent de comprendre tout l'historique de cette famille et leurs forfaits sur trois générations :

— Ont établi un lien entre une banque genevoise et la Russie pour le financement d'un grand établissement luxueux : *l'hôtel des Dents du Midi*, visant à attirer toute une clientèle aisée, des industriels, des politiques afin de leur soutirer des informations majeures, voire d'en retourner quelques-unes.

Elena Polinski, sa grand-mère, en était l'instigatrice à la demande du pouvoir russe. C'est pourquoi toutes les innovations récentes étaient présentes à l'hôtel, dont le télégraphe, le téléphone, mais aussi l'eau courante, des toilettes privées et tout ce qui peut distraire cette intelligentsia : piscine d'eau chaude, billard, bibliothèque, fumoir. Il y avait aussi toute une pièce réservée aux services de renseignements russes dans les sous-sols.

— C'est beaucoup plus tard que la comtesse Zinna Smorny, fille de Sonia Polinski et petite-fille d'Elena Polinski, prit contact avec le sergent Steiner, à l'époque garde suisse au Vatican.

Par sa position de responsable de sécurité du secteur de la banque vaticane, Steiner côtoyait tous les prélats responsables et introduisait de nombreux financiers très cosmopolites. Souvent tard dans la nuit, des réunions secrètes avaient lieu. Un certain nombre de personnages dont les activités feraient rougir un pape, pénétraient secrètement dans ces arcanes si secrets.

Il était au courant de tout et les connaissait bien. Parmi eux, des espions soviétiques se mélangeaient. C'est ainsi qu'il fait la rencontre de la comtesse Zinna Polinski et son garde du corps Alexis Pronief. Il leur facilita des entrevues, avec un certain Monsignore, pour obtenir des financements de projets immobiliers en Suisse.

— Ces relations existaient depuis longtemps, du temps de la grand-mère de la comtesse Elena Polinski, connue au Vatican à l'époque, car son premier mari était diplomate auprès du Saint-Siège. À la mort de ce dernier, elle rapatria ses acquis en Suisse, pour aider son ami Dimitri Stakovski, devenu Müller, au financement de *l'hôtel des Dents du Midi.*

— La comtesse Zinna, leur petite-fille, profita de ce filon pour solliciter le Monsignore véreux, pour un autre financement : le projet Smiroff au cœur du village de Champéry. Mais la transaction fut éventée par les services spéciaux de l'État pontifical. Le Monsignore fut relégué dans un monastère, la comtesse put s'évanouir dans la nature et on soupçonna le sergent Lucas Steiner, qui dut démissionner. Il garda un féroce ressentiment à l'égard de l'Église qui l'avait chassé.

— La station avait été finement repérée pour sa localisation près de la frontière française, avec plusieurs chemins d'accès. À cette époque, la grand-mère de la comtesse se faisait passer pour une riche Polonaise, la comtesse Elena Polinski. Elle était veuve d'un riche diplomate russe, avec qui elle eut une fille, Sonia. Elle avait une liaison avec Dimitri Müller devenu, grâce au financement de la comtesse et donc des Russes, le riche propriétaire de cet hôtel en 1857.

— Dimitri Müller eut un enfant, Lucas, le père d'Albert, avec Zora Kricnov qui mourut en couches. Durant plusieurs années la situation était florissante et les renseignements foisonnaient pour le bonheur des Russes. Dimitri Müller et la comtesse Elena Polinski furent très heureux et leurs enfants respectifs, Lucas Müller et Sonia Polinski, grandirent ensemble, puis se marièrent et donnèrent naissance à Albert Müller et sa sœur Zinna Polinski.

— Puis à l'arrivée du train, en 1908, l'hôtel devint une pension, au grand dam des autorités russes et des propriétaires, la comtesse Elena Polinski et Dimitri Müller. Ils ne pouvaient plus aussi facilement exercer leur activité d'espions. Vieillissants, ils avaient passé la main à leurs enfants respectifs, Lucas Müller et Sonia Polinski.

— Le pire arriva lorsqu'en 1910, l'hôtel fut détruit par un incendie. On raconte que l'origine de cet incendie serait criminelle. Quoi qu'il en soit, le couple Dimitri Müller et la comtesse Elena, qui y résidaient encore, périrent dans ce sinistre. Leurs corps furent retrouvés dans les décombres près d'un bunker.

— Le conseil de la ville et le bourgmestre de l'époque, Achille Übner, le grand-père du bourgmestre actuel, Théophile Übner, ne donneront pas leur autorisation à sa reconstruction. Seules les dépendances se transformèrent en un hôtel de luxe tenu par une compagnie suisse.

— Furieux d'avoir perdu tragiquement leurs parents, puis d'être ainsi dépossédés de leurs biens, et de ne plus pouvoir renseigner leurs partenaires russes, Lucas Müller et la comtesse Sonia Polinski se retirèrent de la station pour aller vivre à Montreux. Ils eurent peu de temps après une fille, Zinna, et un an plus tard Albert. Mais, totalement désœuvré, Lucas dépérit et mourut de tristesse, ne laissant rien à ses enfants Zinna et Albert.

— Quant à la comtesse Sonia Polinski, elle alla vivre à Genève proche de l'ambassade soviétique. La comtesse Zinna avec son frère Albert travailla à la réussite des *cantines sur Coux et de Rives* pour mieux surveiller de part et d'autre la station et développer, durant la Seconde Guerre mondiale, puis pendant la guerre froide, les passages de contrebande en particulier avec les Russes.

— Une rivalité, pour l'édification du *Palladium*, entre Wolf Übner, père du bourgmestre actuel, et Albert Lucas a obligé Wolf à dénoncer les Müller auprès des services secrets suisses. Ils disparurent subrepticement, sans nouvelles depuis.

— La comtesse Zinna s'installa en haut du village pour mieux l'observer et ruminer sa vengeance. Elle se fit passer, en changeant d'aspect, pour une comtesse polonaise démunie, elle changea son nom en Smorny et resta en contact avec Albert Müller, son frère chéri si meurtri.

— Son chalet est un peu en dessous de celui de nos cousins et de la princesse, de l'autre côté de la route, sans pour autant attirer l'attention. C'est là qu'elle installa son QG, que découvrirent les policiers. Curieusement l'inspecteur Afner était absent.

Après la messe, où le sermon du père Büscher faillit endormir un régiment de gardes suisses, le vin chaud fut commandé à *L'Hôtel Suisse*, véritable institution où tout bon chrétien va après la messe. Nous y retrouvons Gaspard et Lucie, la princesse, et d'autres Champérollins qui nous adressent toute leur sympathie, suite à cette arrestation cauchemardesque. Finalement, le pot se prolongea en un véritable brunch, en dégustant un plat de rebibes, fromages locaux, et quelques charcuteries valaisannes, agrémentées d'un merlot rouge.

Nos épouses, bien que meurtries par cette épreuve, reprirent « du poil de la bête » grâce au merlot !

Les discussions sont enflammées et chacun donne son avis quant aux événements qui traumatisent ce village. Certains pensent à une vengeance, comme la princesse. D'autres évoquent toujours une rivalité entre les communes du haut et celles du bas de la vallée. D'autres enfin évoquent plus une attaque terroriste chargée de déstabiliser l'État helvétique, en détruisant les infrastructures de la station.

C'est dans l'après-midi que les gendarmes interpellent un individu, du côté de Champoussin, dont le comportement attira l'attention. Il s'apprêtait à descendre vers Châtel, par le minibus. Rapidement confondu, il s'agit bien d'Albert Müller, que tout le monde recherche.

Devant le commissaire Gravelle, il nie toute implication dans ces histoires ! Mais le commissaire, tenant à sa main le gant droit, retrouvé sur les décombres du crime commis au Grand Paradis, fait fouiller Albert. Il découvre alors le gant gauche, de la même taille, mais trop grand pour Albert.

Ainsi découvert, il avoue que les gants appartiennent à Alexis Pronief.

Il reconnaît être l'auteur de tous ces crimes, avec quelques complices.

Impossible de les appréhender, ils avaient fui en France et en Suisse depuis quelques jours, sans aucune trace, depuis Genève.

Dès lors démasqué et mis en garde à vue, Albert Müller dut s'expliquer aux autorités.

Ce soir-là, impossible d'apercevoir les dents du Midi car la neige se mit à tomber dru et le ciel fut englouti complètement dans des nuages denses et bas. Cela voulait-il dire que l'on serait à l'abri de toute forfaiture ?

Le commissaire Gravelle et ses inspecteurs nous remercièrent de notre collaboration et s'excusèrent, à nouveau, de la terrible méprise de notre garde à vue, car beaucoup de choses nous accusaient, sauf une relation avec des Russes.

Curieusement l'inspecteur Afner n'est pas présent et, aux dires du commissaire, il serait reparti à Lausanne faire d'autres investigations.

Il tient à nous inviter tous à dîner au café-restaurant *Le Vieux Chalet* pour se faire pardonner et nous donner toutes les explications et le dénouement de cette affaire. Et c'est en dégustant un plateau de viandes séchées avec un fendant du Valais que nous écoutons les aveux d'Albert Müller, faits au commissaire :

« À la suite de son échec dans le projet d'achat du Palladium, il dut disparaître ainsi que sa sœur Zinna Polinski.

— Zinna, quant à elle, acheta la *cantine de Rives*, qu'elle fit exploiter par des locataires, qui la connaissaient sous un faux nom. Elle s'installa par ailleurs, en face, dans les hauteurs de Champéry, sous le nom de comtesse de Smorny.

Installée paisiblement durant plusieurs années, malgré sa discrétion, elle sut se faire une place dans le village et se lier d'amitié avec le bourgmestre Théophile Übner et sa femme Augustine. Ils se rencontraient épisodiquement. C'est ainsi que Zinna tissa sa toile de vengeance, en usant de la naïveté de ses amis.

— Quant à Albert Müller, il se fit embaucher dans une ferme, située sur le plateau de Coux, chez les Büscher. Durant des années, sous le faux nom d'Albert Keller.

Il travailla à l'exploitation, puis à l'élaboration d'une cantine, qui devint renommée, par sa situation et sa qualité de cuisine. C'est à cette époque qu'il épousa la fille unique des Büscher, Létizia, et eut une fille, Emma, qui prit en main, ensuite, *la cantine sur Coux*.

Létizia, sa mère, mourut rapidement d'une tuberculose et Emma ne savait guère le passé de son père et ses intentions.

— Albert, avec sa sœur, la comtesse Zinna de Smorny, et les services d'espionnage russes, avait de nouveau concocté le projet Smiroff, au cœur du village, avec un financement occulte. Ils voulaient aussi se venger du décès de leurs grands-parents, à *l'hôtel des Dents du Midi*, et de leur père, Lucas Müller, mort de désœuvrement et de rancune.

— C'est lors d'un de ses séjours à l'Hermitage que la comtesse, dans un moment de folie, fit ses exactions sur les cinq tableaux représentant la bourgade de Champéry, comme un signe prémonitoire. Son plan était finalisé, il fallait passer à sa réalisation.

— Lucas Steiner, travaillant dans l'ombre, avec Albert Müller, fit sauter le téléphérique, en plaçant une charge explosive dans le système d'entraînement des câbles, qu'il connaissait parfaitement.

Steiner avait été installé, comme agent dormant, par les services russes, chargé de coordonner en temps utile les actions de Müller. Steiner avait été approché par les services russes après son éviction du Vatican, lorsqu'il côtoyait les milieux gauchistes, durant ses années d'étudiant.

— Mais Lucas Steiner avait deux autres motivations plus anciennes :

° Il reprochait, d'une part, à la station de Champéry de s'être développée au détriment du Val D'Illiez, entraînant la misère de ses parents dans son enfance. Des projets d'hôtel furent anéantis. Les terrains susceptibles d'être utilisés aux Troistorrent ont été expropriés pour la construction d'une nouvelle route, permettant un meilleur accès à la station de Champéry.

° La seconde motivation est une haine contre le Vatican, à la suite de son limogeage. Sa carrière et ses projets avec la comtesse Elena de Smorny furent détruits. C'est pourquoi il profana toutes les croix de la station, en commençant par le calvaire Chavalet pour que ses habitants soient maudits. Il était convenu avec Albert Müller de détruire l'église et de faire disparaître le bourgmestre.

— C'est Steiner qui retrouva la comtesse dans la station, avec d'infinies précautions. Avec elle, ils mirent en place, avec le notaire Ambrosius Ziegler, les bases d'une transaction avec les services secrets russes pour le projet Smiroff voulu par Albert Müller et la comtesse Zinna. Le notaire, par la suite interpellé par la police et trop bavard, il dut l'éliminer sur les bords du lac à Vevey.

— C'est Steiner qui fit sauter le système de fonctionnement de la télécabine du téléphérique, sectionnant les câbles et provoquant la chute des pylônes et le déclenchement d'une avalanche meurtrière.

— C'est Steiner qui plaça les explosifs sous le pont de la route des Troistorrent, à l'endroit le plus fragile. Il ne connaissait que trop cet endroit, mais il n'imagina pas l'importance des dégâts qu'il fit, ni la mort de tant de victimes.

Sa soif de vengeance ne s'arrête pas là, puisqu'avec Alexis Pronief, il détruisit la télécabine du Grand Paradis. Pronief dut poignarder une sentinelle pour placer les charges de semtex avec Steiner. Pronief se chargea de la mise à feu, puis retourna se planquer chez sa sœur, Mrs Smith, en perdant son gant droit.

— La fuite en motoneige de Steiner, à travers tout le plateau de Planachaux, les Crozets, Champoussin puis Morgins et enfin Châtel, fut périlleuse, mais facile, tant il connaissait le terrain. C'est surtout à Châtel qu'il fallut s'élancer en parapente au petit matin. Il avait préalablement stocké le matériel dans un mazot. Le repérage du lac, à peine visible, dans la brume s'avéra difficile et précisément le lieu-dit Meillerie, où attendaient des complices de l'ambassade russe.

Le lac, à cet endroit, était très agité, et c'est avec beaucoup de difficultés qu'il repartit, après avoir été drossé sur le petit quai de départ, y laissant un peu de peinture.

L'arrivée à proximité du port de Genève fut le plus difficile : Une houle, empêchant tout accostage au lieu prévu, compliqua la manœuvre. Il fallut débarquer sur une petite berge et tenter de camoufler le bateau. Impossible de le vider de son contenu, explosifs et pots de peinture, du fait de la présence d'enfants jouant dans le secteur. Fort heureusement les services spéciaux russes accoururent sur les lieux de manière la plus discrète pour évacuer tout le monde.

Les services de gendarmerie suisses et français ont fait un travail remarquable, en retrouvant les traces de la motoneige, et tout son parcours, le parapente, les traces de peinture du bateau et les témoignages des enfants.

— Alexis Pronief, quant à lui, détruisit la centrale électrique, par un système ingénieux à retardement, déclenché en même temps que l'explosion de la télécabine du Grand Paradis.

— Alexis Pronief, l'homme à la carrure énorme et la chapka, que remarquèrent certains lors de la procession. C'est le même homme qui perdit son premier gant en allant voir sa maîtresse, la comtesse Zinna Smorny, et qui fut aperçu par la princesse. C'est en s'enfuyant vers chez sa sœur, Mrs Smith, qu'il perdit le deuxième.

— Albert Müller ramassa le gant gauche en s'enfuyant de chez sa sœur la comtesse, pour éviter tout indice la compromettant.

— On apprit ainsi qu'Alexis Pronief était l'amant, de longue date, de la comtesse Zinna. Alexis était un agent russe, qui sut profiter de cette liaison, il agissait avec l'aide de sa sœur Mrs Smith.

— Pronief accompagna la comtesse au musée de l'Hermitage, avec Albert Müller, pour les négociations du projet Smiroff. La comtesse retrouvant ainsi cette propriété, qui avait appartenu à sa grand-mère Elena.

— Albert Müller reconnut avoir mis le feu au clocher de l'église. Alexis se chargea de la *croix de la cantine de Rives* et Mrs Smith, sa sœur, de la galerie *Défago*, habitant tout à côté, pour s'enfuir facilement. Ils avaient préparé de longue date des torchères, les avaient plantées la veille en toute discrétion. Il suffisait de les allumer, à distance, par des boutefeux reliés entre eux. Là encore, les inspecteurs firent un travail de fourmi pour trouver les preuves.

— C'est Albert qui, avec Pronief, a fait l'inscription cyrillique des panneaux et qui incendia la maison cantonale, tuant le bourgmestre Théophile Übner et sa famille, pour le châtier de son nouveau refus du projet Smiroff et de la destruction de l'hôtel de ses grands-parents.

— Albert Müller avoue aussi, avec Pronief, utiliser lors de chaque forfait un appareil radio où est enregistré un cri, pour effrayer les gens de la station. L'idée de profanation des croix venait de Steiner.

Il est déféré au parquet de Genève.

Albert Müller est confié à la justice helvétique et sera incarcéré en attendant son procès. »

Un silence parcourut notre table, ébahis par cette organisation d'individus sans scrupule.

Je ne peux m'empêcher de demander ce qu'étaient devenus les autres protagonistes.

Le commissaire, assez contrarié, reconnut que la comtesse Zinna et Alexis Pronief purent disparaître à la barbe des policiers, leur réseau leur permit de s'évanouir dans la nature, puis probablement de se séparer.

Pronief a dû être hébergé un temps chez sa sœur, Mrs Smith, sans que personne ne le vit.

Il reconnaît aussi que Lucas Steiner, après sa cavale, a disparu. Aucune trace n'a mené à lui, malgré d'importantes recherches. Le gaillard est un vrai professionnel et ses années de sergent au Vatican ont servi à le faire disparaître dans la plus grande discrétion.

« Finalement c'est toute une conspiration de personnages dont les motivations sont la rancœur et la vengeance d'événements personnels, familiaux et commerciaux sur un fond de manipulation des Russes ! » m'exclamai-je.

Jean et Gwenaëlle questionnent à leur tour sur le devenir de Mrs Smith et d'Emma.

Le commissaire les informe que :

« Mrs Smith fut elle aussi appréhendée, elle reconnut être la sœur d'Alexis Pronief et s'appeler en fait Olga Pronief. Elle s'était implantée à Champéry, quelque temps après la comtesse Zinna, à sa demande. Elle était un pur produit des services secrets russes et sut s'intégrer facilement, par son allure anglaise un peu déjantée mais sympathique.

Emma Müller ne fut pas arrêtée, les circonstances ont permis de l'exonérer de l'agissement de son père dont elle n'était qu'un simple instrument de camouflage. Il en est de même de sa liaison avec Lucas Steiner, où l'on prouva bien l'absence de toute connivence dans les actions de ce dernier.

Un communiqué de presse a été diffusé expliquant tous ces faits. »

C'est au dessert que l'on sabre le champagne, félicitant le commissaire Gravelle, le nœud papillon vert éclatant, et toute son équipe d'avoir enfin démêlé cette affaire.

La soirée dure fort tard au vieux chalet. Les toasts s'enchainent, notre commissaire, nœud papillon de travers, parle à voix forte, nous mêmes, soulagés de ce dénouement, sommes de plus en plus prolixe.

On ne sait plus quand ni à quelle heure la remontée du chemin de Damonvelle fut gravie, ni les cent dix marches franchies.

Cette nuit-là fut tranquille, au chalet et dans tout le village. Pas de cris, pas d'explosion, pas de crimes. Au contraire tout le monde, épuisé par ces événements, nous-mêmes rattrapant cette nuit d'enfer au *Palladium*, sombre mollement dans un sommeil réparateur et bruyant.

LUNDI

Les Champérollins, marqués par tous ces événements, meurtris d'avoir perdu leur bourgmestre, Théophile Übner, et son épouse, leur font des obsèques poignantes avec tous les guides en tenue, la police locale, les échevins, mais aussi de nombreux élus locaux et des ministres du gouvernement fédéral.

Le curé Büscher et le pasteur président une cérémonie commune. Toute la station est là et, retardant notre départ, nous sommes présents aux côtés de nos amis Gaspard et Lucie et la princesse, effondrés. Le commissaire Gravelle participe lui aussi à cette cérémonie, l'inspecteur Afner brille encore par son absence.

De nombreux discours sont prononcés sur le parvis de l'église, presque en face de la maison cantonale, dont les ruines tranchent sur cette jolie rue. Il fait un temps superbe et froid mais chacun reste attentif et troublé.

L'inhumation a lieu au cimetière du village avec toute la famille des Übner et tous les Champerrollins disponibles. Le soleil radieux a quelque chose de choquant, mais renforce la dignité de chacun. Le petit cimetière est trop petit pour tout ce monde et il faut des heures pour que tous rendent un dernier hommage. Des montagnes de fleurs sont déposées. C'est sans doute le fruit du hasard de remarquer que ce petit cimetière se trouve au cœur du village, proche de l'église et de la maison cantonale à l'angle de la rue du village et de la rue des dents du Midi !

La cérémonie terminée, nous nous retrouvons au *Bistrot des Reines* pour nous rappeler le défunt, les attentats, et expliquer les raisons des auteurs : la vengeance. Le vin chaud coule à flots !

Jamais de tels événements n'avaient troublé ainsi la quiétude de cette station. Les anciens, habituellement réservés, ne comprenaient pas tant de haine déployée par ces individus, à qui ils avaient fait confiance et partagé la vie de ce village.

« Quelle honte d'une telle traîtrise de la comtesse Zinna, que l'on respectait tant par sa fausse sympathie que par sa discrétion. Le bourgmestre lui demandait même des avis sur certains points anciens concernant la station ! » constate un membre du conseil cantonal.

« Quelle misère de voir cette famille Müller toujours aussi nocive depuis des décennies ! » reprend un autre.

« Ils ont ainsi abusé trois générations de Champérollins et leurs dirigeants de l'époque en donnant à l'*hôtel des Dents du Midi*, qui faisait la réputation de la station, un terril d'espions, trompant de nombreux politiques et industriels de l'époque. Heureusement ils ratèrent leur mainmise sur le *Palladium*, malgré des calomnies impensables, et le projet

Smiroff, le plus dangereux, fut rejeté grâce à la perspicacité de leur bourgmestre », continue un troisième.

« Vous vous rendez compte d'un énorme pavé au milieu de la rue principale, bouchant la vue des dents du Midi et attirant des étrangers fortunés, changeant le rythme et la sérénité de ce village avec de l'argent sale à profusion ! » s'exclame un ancien.

« Quel traître, ce Lucas Steiner, qui a profité de sa position pour perpétrer tous ces attentats. Sa vengeance, germée de conflits avec ceux d'en bas, ou de son passé au Vatican, est inacceptable ! Il a profité pendant des années de son poste pour repérer tous les points stratégiques, afin de paralyser sa propre station et tuer par voie de conséquence, par ses attentats, des innocents ! » fait remarquer un autre.

« Quel dommage de n'avoir pas mis la main sur la comtesse, ni sur son amant, Alexis Pronief, et surtout ce meurtrier de Steiner ! La police s'est laissée berner, mais la responsabilité du commissaire Gravelle n'est pas en cause. Il semble que ce soit son adjoint, l'inspecteur Afner, qui l'ait sournoisement trompé, ainsi que les services secrets russes. D'ailleurs, lui aussi s'est volatilisé », constate un responsable de la police fédérale.

« Quant au notaire Ambrosius Ziegler, cet abject personnage, il n'a eu que ce qu'il méritait ! Il a trempé dans de nombreuses affaires immobilières louches dans tout le Valais, n'hésitant pas à s'acoquiner avec des services secrets étrangers », reprend un autre.

« Et cette anglaise, Mrs Smith, qui a abusé tout le monde avec son frère Alexis Pronief, espion au service des Russes, c'est proprement infect ! Ah, elle faisait la belle sur tous les moniteurs avec son accent anglais. Elle cachait bien son jeu, quelle salope ! Et son frère, aux allures d'Yvan Rebroff, une brute sans scrupule ! » s'insurge un Champérollin.

« Mais le pire, c'est Albert Muller, enfant du pays, qui donna la mort à leur cher bourgmestre Théophile Übner et sa si gentille femme Augustine que tout le monde aimait. Elle s'occupait de tant d'œuvres de charité que chacun ici lui doit un service », fait remarquer un ancien.

« Oui, reprend un autre, cette famille Müller est vraiment maudite, elle aura tout fait pour nuire à la station depuis des décennies. Albert, cet assassin, avec sa sœur Zinna, sous prétexte de vengeance, sans aucun scrupule, ont tué des centaines de personnes innocentes, ont mis à bas la station, ont profané des lieux sacrés. »

« Hélas, tout était prémédité, ciselé avec perfection. Chaque élément avait un rôle précis, tous s'étaient intégrés dans la station, pour mieux nous leurrer et connaître tous les lieux pour exécuter leurs basses œuvres », dit encore l'un d'eux.

« Notre station était infestée d'espions russes, sous des aspects anodins. Quel travail de notre police et des services secrets ! » constate un dernier.

On se mit aussi à épiloguer sur ce fameux changement de coloration des dents du Midi, chaque soir, annonçant les turpitudes du lendemain, que rien ne saura expliquer.

De nombreux géologues et météorologues ont été consultés, en vain. La montagne montre ses aspects spectaculaires !

Le mystère des dents du Midi à Champéry restera entier.

Ce soir-là, toutes les dents renvoyèrent un rouge éclatant au couchant.

ÉPILOGUE

Finalement, nous restons quelques jours de plus dans la station pour refaire les pistes en partant de Morgins et nous détendre de ces événements avec tous nos amis. La station nous ayant offert un forfait à vie.

Par les Crozets, nous remontons sur les pistes d'Avoriaz, par le col des Portes du soleil. Nous profitons de cet immense champ skiable, qui nous conduit à Morzine et aussi du côté de Châtel. Là, curieusement, une chapelle en pierre trône au milieu des pistes de plaine Dranse. Le temps est radieux, la neige, tombée ces derniers jours, est excellente. Nous nous régalons ! Le vin chaud n'est pas oublié !

Inutile de vous dire que mes amis nous poussent, Soizic et moi, à faire construire près de chez eux. Il y a justement un terrain parfait pour cela et ils ne croient pas qu'une votation du prochain bourgmestre s'y oppose ! Cela demande réflexion !

Peu de temps après, on apprend dans la presse genevoise et le *Messager champérollin* que la comtesse de Smorny est arrêtée près de Vevey où elle allait retrouver son amant, Alexis Pronief, en cavale. Quittant son ambassade, cela se produisit au fameux restaurant *Trois Sifflets*, spécialisé dans les fondues. C'est une véritable institution gourmande et folklorique (on dit même que Chaplin s'y rendait régulièrement). Alors que l'on sonnait, de manière militaire, chaque fondue servie, précédée d'un drapeau suisse, c'est la police qui arriva. Les deux amants sont appréhendés sans histoire.

À nouveau le commissaire Gravelle les interroge, mais aucun ne céda sur leurs liens avec la Russie. Seule Mrs Smith, sœur de Pronief, en fait Mrs Olga Pronief, reconnut ces liens.

Durant des années, ils fomentèrent le projet Smiroff, mais, perdant la bataille, décidèrent une terrible vengeance sur toute la station, ses habitants et son maudit bourgmestre. Tous trois furent incarcérés dans une prison secrète. Aucun ne donna d'explications sur l'écriteau « Les dents du Midi seront témoins », ni sur le phénomène d'obturation progressive des dents du Midi au couchant.

Le commissaire, très contrarié d'avoir été abusé et de n'avoir rien ressenti, nous donne aussi des nouvelles de l'inspecteur Afner. Ce dernier, après une inspection de la police des polices suisse, devant son comportement aussi bizarre, fut démasqué comme un agent russe, dont le but était de protéger la comtesse Zinna Polinski et son frère Albert Müller en cas de problème.

Afner avait réussi, grâce à des bornages douteux, à nous faire suspecter et incarcérer. Nous étions les pigeons idéaux pour détourner l'enquête. Mais ses accusations ne tinrent pas longtemps et le commissaire Gravelle, plein de doutes, réussit à nous innocenter.

Prévenant la comtesse que les choses tournaient mal et qu'elle risquait d'être arrêtée de manière imminente, il monta avec prudence à son domicile lui expliquer comment s'échapper tout en fumant ses cigarettes Winston. Gravelle, en inspectant le domicile de la comtesse, reconnut le mégot et sut qu'Afner était de mèche. Il ne put mettre le grappin dessus, car il fuyait avec adresse.

Il réussit à faire sortir de la station la comtesse dans le coffre de sa propre voiture, celle-ci n'étant pas fouillée, et la déposa aux abords de l'ambassade russe à Genève, en prétextant un complément d'enquête sur Lausanne. La fouille au domicile de la comtesse apporta la preuve de son appui logistique dans son évasion, par l'analyse du mégot de cigarette Winston qu'il était le seul à fumer.

Arrêté à Genève alors qu'il essayait de s'échapper, son sort dépend des tribunaux helvétiques.

Quant à Lucas Steiner, il n'a jamais été arrêté et les services spéciaux crurent avoir appris qu'il avait regagné la Russie.

Les nouvelles de nos cousins, au bout de quelques mois, furent bonnes, avec la reconstruction d'un nouveau téléphérique et d'une télécabine au Grand Paradis, permettant la réouverture de la station vers les Portes du soleil en un temps record, le tout financé par la Russie en dédommagement.

Le gouvernement suisse, soucieux de garder sa neutralité, prit rang, avec le gouvernement russe, pour régler définitivement cette sombre histoire d'espionnage dans le plus grand secret au musée de l'Hermitage.

De nombreuses tractations furent étalées sur la table. L'ambassadeur russe nie toute implication dans les attentats, mais reconnaît que leurs agents, la comtesse Zinna, son frère Albert Müller, son amant Alexis Pronief et sa sœur Mrs Smith, ainsi que Lucas Steiner et l'inspecteur Afner ont pu avoir des activités subversives au profit de la Russie sans trop s'étaler sur cette question. Toutefois, leurs motivations ont été supplantées par une vengeance personnelle vis-à-vis de la station de

Champéry, dont ils ne sont pas les instigateurs et qu'il condamne fermement.

Par ailleurs aucun autre investissement immobilier ne se fera sur ce canton.

Il est donc décidé de dédommager cette commune en finançant intégralement les infrastructures routières et ferroviaires détruites, mais aussi toutes les remontées mécaniques du domaine skiable endommagées et une indemnisation pour le manque à gagner, la reconstruction de la maison cantonale et l'indemnisation de toutes les victimes.

Enfin, quelques semaines plus tard, un certain Lucas Steiner fut remis aux autorités helvétiques.

Lors de son interrogatoire par le commissaire Gravelle :

— Il avoue son désir de vengeance contre la commune, en détruisant ses infrastructures qui auraient tant nui à ses parents, et contre le Vatican, qui l'aurait abusivement licencié, en profanant ses calvaires.

— Il reconnaît s'être servi des rancunes d'Albert Müller et des moyens logistiques russes, *via* la comtesse et de son sbire Pronief.

— Il reconnaît sa connivence avec l'inspecteur Afner, qui le tenait au courant des avancées de l'enquête. Ils se voyaient régulièrement au bar des guides.

— Il confirme sa fuite rocambolesque en motoneige et parapente, qu'il avait minutieusement préparée. Sa cavale en motoneige, puis son envol en parapente vers les berges françaises du Léman. Seul le lac agité perturba son projet de retraite.

— Il reconnaît sa liaison avec Emma Müller, la fille d'Albert, mais assure qu'elle n'a participé à rien dans cette histoire.

— Il ne regrette rien de ses exactions, et, avec un sourire sardonique, se réjouit de la disparition du bourgmestre et de sa femme.

Il est incarcéré dans une prison de haute sécurité en attendant son procès.

Emma, innocentée, continue d'accueillir les gens à sa cantine de Coux.

Ainsi, en quelques mois, le village a repris sa vie de station familiale, effaçant dans la mesure du possible tous ces attentats.

Un nouveau bourgmestre a été élu : il s'agit du neveu de Théophile Übner, Archibald Übner, ayant la même carrure et le même enthousiasme que son oncle.

Son premier acte officiel fut de nommer, citoyen d'honneur de la ville, le commissaire Gravelle.

Nos amis constatent la rapidité des moyens mis en œuvre pour remettre en état la station.

De nombreux championnats de hockey se déroulent au Palladium.

Le premier concours international de raclette est un franc succès.

La saison hivernale est florissante, avec un taux de remplissage maximum et un enneigement idéal. La remise des prix chaque semaine se passe toujours au milieu de la grande rue, avec son caractère bon enfant, entretenu par les moniteurs pédagogues.

Le dimanche, après la messe, la princesse, ses enfants et nos amis se retrouvent pour l'apéritif au *Bar Suisse*.

L'été, les randonnées et balades en VTT, la via ferrata et le parc acrobranche sont très fréquentés et l'hébergement *Le Petit Baroudeur Backpacker* est très prisé des jeunes.

La course de caisses à savon s'est déroulée dans une ambiance folle. Les rencontres musicales, le festival Rock the Piste et le festival du rire font le plein.

Champéry a su sortir de son marasme et effacer les cicatrices de ces événements.

Les soirs de beau temps, les dents du Midi redeviennent écarlates.

Il ne nous reste plus qu'à faire construire.

FIN

LES PERSONNAGES

Achille ÜBNER
|
Wolf ÜBNER
|
Théophile ÜBNER
× Augustine

Dimitri MÜLLER (Stakovski)
amant de Elena POLINSKI

Dimitri MÜLLER
|
Lucas MÜLLER x Sonia POLINSKI
|
Albert MÜLLER
(KELLER)
x Létizia
KELLER
|
Emma MÜLLER × Lucas STEINER

Elena POLINSKI
|
Sonia POLINSKI
|
Zinna
POLINSKI
(de SMORNY)
× Alexis
PRONIEF
(amant)

Mrs SMITH (Olga PRONIEF)
Lucas STEINER (amant d'Emma Müller)
Le notaire Ambrosius ZIEGLER
Soizic et moi
Jean et Gwenaëlle
Gaspard et Lucie
La princesse

Le commissaire Arthus GRAVELLE
L'inspecteur AFNER
Le directeur de la sûreté GARDNER
Le curé : père BÜSCHER
Le pasteur SAUQUER

Remerciements

Merci à Dominique, Martial et Henri-Louis pour leur relecture et leurs précieux conseils. Merci à Jean et Gwenaëlle de leur hospitalité.

Tours, le 15/01/2022

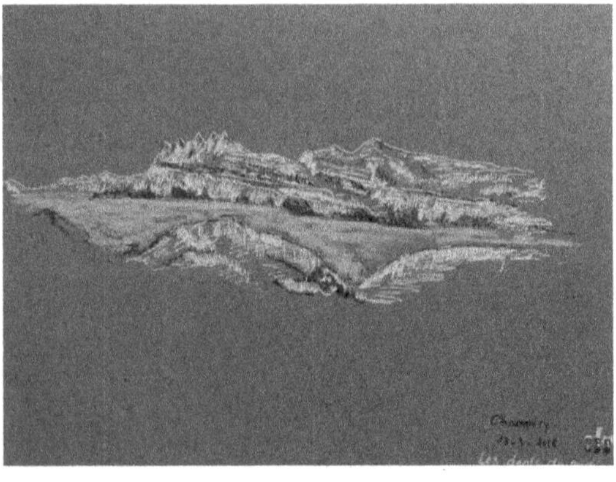

L'auteur découvre une merveilleuse petite station de ski helvétique : Champéry, au pied des dents du Midi.

Accueillis chez ses cousins, ils se retrouvent confrontés à une série de profanations et d'attentats meurtriers, mettant en péril la station.

Plongés, malgré eux, dans un imbroglio policier et d'espionnage, leur séjour devient cauchemardesque. Chaque jour un attentat est perpétré et une dent du Midi n'est plus éclairée au soleil couchant. Le suspense est haletant et la peur saisit la station tout entière. Qui est derrière tout cela ? Un notaire véreux, une comtesse polonaise, des descendants d'un ancien hôtel, un chef de station et bien d'autres personnages et pays concernés, sont peut-être les commanditaires.

Le commissaire Arthus Gravelle, dépêché de Lausanne, va démêler cette affaire. Grâce à son flair, il ne se laisse pas berner et fait la part des choses entre de vieilles rancunes entre villages, une vengeance familiale et des intérêts étrangers.

MOISSONS NOIRES

www.moissons-noires.com

Par ce logo, nous témoignons d'une volonté de réduire les impacts environnementaux liés aux activités de l'imprimerie. Nous choisissons un imprimeur impliqué dans la réduction des gaz à effet de serre. Le choix de nos papiers assure que la production a été faite à partir d'un produit à base de bois et a suivi le cahier des charges d'une gestion durable des forêts européennes.

Achevé d'imprimer par CPI Firmin Didot (179181) en France en avril 2024 pour le titre «Meurtres en Suisse : Mystère à Champéry».

Suivi éditorial : Céline Garcia
Conception graphique : Guillaume Bertineau
Mise en pages : Camille Ronzier

Dépôt légal : 1er semestre 2024

© LA GESTE – **MOISSONS NOIRES** – 2024
éditions La Geste
11, rue Norman-Borlaug
79260 La Crèche
contact@gesteditions.com